AF346089

Le magicien des Basses Terres

Michel ROMERO

ISBN : 978-2-490605-03-3

La violence est le dernier recours de l'incompétence ...

(Isaac Asimov)

TABLE DES MATIÈRES

Le magicien des Basses Terres

Dolan, le chef de la tribu des Nowanguis doit décider, périodiquement, de fuir son territoire situé sur les Basses Terres à l'approche de la saison des pluies et des inondations qui sont, le plus souvent, inévitables.

L'arrivée d'un inconnu, surnommé Yogan le « magicien », va amener un changement radical des mœurs de cette population et lui donner les clés pour reprendre son destin en main.

Après un affrontement qui a opposé les Nowanguis aux Boungaris, l'équilibre des forces de la région va évoluer en faveur de ceux qui sont devenus les "maîtres de l'eau".

Les échanges commerciaux entre toutes les populations de cette contrée se développent et les liens entre elles vont se resserrer et gommer les rivalités tribales et ancestrales.

Mais, un conflit entre les tribus des Timanaks, habitant les Hautes Terres, et un bataillon de l'armée royale va éclater et l'ensemble des tribus de la région va se liguer contre les troupes gouvernementales.

Afin d'éviter que le Roi Odin 1er n'envoie son armée pour des représailles, Yogan décide de prendre les devants et d'aller dans la capitale rencontrer le souverain ...

Le magicien des Basses Terres

I - LES HAUTES TERRES

Dolan leva les yeux au ciel. Aussi loin que pouvait porter son regard, l'horizon était bouché par de lourds nuages menaçants. Il pleuvait depuis douze jours déjà sans discontinuer et aucune perspective d'amélioration n'était en vue. La pluie était fine, drue et glaciale. Le sol, imprégné d'eau, n'absorbait plus rien depuis plusieurs jours et les inondations semblaient à présent inévitables puisque toute l'eau se déversait dans le fleuve bouillonnant. La digue menaçait de rompre. Le peuple des Nowanguis était en danger et allait devoir, une fois de plus, décamper et s'exiler en direction des Hautes Terres.

Dolan était le chef des Nowanguis et, à ce titre, il lui incombait de prendre la décision de déplacer les quatre cents trente-cinq membres de la tribu vers des lieux plus hospitaliers. Une réunion du Conseil était prévue quelques instants plus tard pour en débattre, mais sa décision était déjà prise. La tribu lèverait le camp le lendemain matin, car, à moins d'un miracle, la pluie ne cesserait pas d'ici là.

Dolan était un homme dans la force de l'âge, de stature imposante, avec une barbe fournie et des moustaches grisonnantes. Il portait l'Epée des Anciens du peuple des Nowanguis, ce qui lui conférait l'autorité de Chef, et selon la tradition, celui qui aurait l'audace de s'emparer de l'épée sacrée serait le nouveau guide de son peuple. A ce jour, personne n'avait encore osé défier Dolan, mais le temps viendrait, sans doute prochain, où l'un des jeunes guerriers de la tribu tenterait sa chance.

Le Conseil se tenait dans la plus grande hutte du camp dont le toit de chaume n'avait pas résisté aux trombes d'eau. Une dizaine d'individus composant le Conseil avaient pris place, debout, aux endroits de la pièce qui restaient à l'abri de la pluie.

Dolan, qui était posté au centre de la pièce, prit la parole :

Le magicien des Basses Terres

— Les Dieux ont décidé de nous infliger une fois de plus l'épreuve de l'exode, dit-il d'une voix lasse.

Il y eut un long silence sans aucune réaction de la part des membres du Conseil. Dolan poursuivit :

— La tribu lèvera le camp demain matin dès l'aube et prendra la direction des Hautes Terres …

— Les Dieux n'ont rien à voir dans tout cela ! sommes-nous véritablement obligés de partir ? de laisser notre terre, nos récoltes et nos maisons à la merci des pillards ? questionna brusquement Wirod, l'un des jeunes guerriers les plus en vue de la tribu.

— Rien ne t'oblige à nous suivre … répondit Dolan d'une voix agacée. Mais les plus faibles d'entre nous, les enfants, les vieillards et les femmes seront en danger à partir de demain. Je considère que nous n'avons pas le choix et ma décision est prise, avec ou sans les Dieux …

Wirod se tourna vers les membres du Conseil comme pour les prendre à témoin :

— Et vous autres ? vous ne dites rien ? le Conseil est-il composé des plus couards des Nowanguis ? continua-t-il d'une voix forte.

Dolan fit mine de dégainer son épée mais Tananawan, la seule femme du Conseil, s'interposa entre les deux hommes. Tananawan avait pris le parti d'être la mère adoptive et nourricière de la plupart des enfants orphelins de la tribu, et, de fait, elle était très respectée de tous. Il était de notoriété publique que Wirod ambitionnait de prendre la place de chef qu'occupait Dolan et il semblait avoir trouvé là un angle d'attaque pour mettre en cause son autorité. Tananawan s'adressa au jeune guerrier :

— Wirod ! Dolan a raison ! nous savons tous que sur nos basses terres le cycle des pluies est de six jours. Il pleut depuis douze jours et si demain la pluie ne cesse pas, elle se poursuivra pendant six jours encore au moins. Avant six jours la terre sera recouverte d'eau et le fleuve sortira de son lit. Comment peux-

Le magicien des Basses Terres

tu ignorer ces évidences, toi qui souhaites devenir le chef des Nowanguis ?

— Je n'ignore rien de tout cela « Mam » ! (*c'est ainsi que l'appelaient la plupart des jeunes*). Mais pourquoi ne pas laisser une partie des guerriers ici pour défendre nos biens du pillage ? au retour il faudra à nouveau tout reconstruire … comme lors de chaque exode …

— Cette initiative a déjà été tentée à plusieurs reprises et elles ont toutes abouti à des désastres ! répliqua Yotasum, l'un des membres du Conseil. Lors de chaque exode nous partons avec le maximum de nos biens en provisions de nourriture, bétails et graines de céréales. Si les guerriers ne sont pas assez nombreux pour nous protéger, nos ennemis attaqueront le convoi lui-même. Cela s'est déjà produit dans le passé et la tribu a failli disparaître totalement. Qu'ils pillent donc le village lorsqu'il sera vide !

Yotasum occupait la fonction importante et délicate de « maître du feu », c'est-à-dire qu'il savait comment réanimer facilement la flamme si précieuse grâce à une connaissance ancestrale. Il était également reconnu comme l'un des sages du village, apprécié pour ses talents de négociateur et d'interprète. En effet, il était l'un des rares Nowanguis à avoir voyagé au-delà des montagnes et être revenu après avoir appris plusieurs dialectes.

Wirod fit grise mine et dut se rendre à l'évidence. Manifestement, son idée aujourd'hui encore n'emporterait pas l'adhésion du Conseil et sa tentative de déstabilisation de Dolan avait échoué.

Dolan se dirigea vers la sortie et conclut brièvement la réunion du Conseil par un :

— Nous partons demain matin ! Il n'y a pas une minute à perdre …

Ensuite, avec une rapidité étonnante pour sa taille et son poids, il attrapa Wirod par le collet avant que celui-ci ne puisse esquisser le moindre geste et, le soulevant de vingt centimètres au-dessus des planches de bois qui revêtaient le sol humide de la pièce, il lui souffla dans le nez :

> — Toi, jeune idiot ! avant de prendre ma place, tu as encore beaucoup de choses à apprendre des anciens ! demain je veux te voir en tête du convoi pour ouvrir le chemin de la tribu ! c'est bien compris ?

Puis, avant de sortir, il lâcha prestement le jeune homme qui se retrouvait au sol sans pouvoir réagir, surpris et à moitié étouffé par la poigne du géant.

Le magicien des Basses Terres

Ainsi, une nouvelle fois le pays des Basses Terres était inondé et le peuple des Nowanguis devait faire route vers les Hautes Terres, obligé d'abandonner son village, ses maisons et ses récoltes. Cela se produisait assez régulièrement, tous les lustres (*NDLA : un lustre correspondait à une période de cinq ans dans la Rome antique*), forçant ainsi la tribu à recommencer son développement après chaque exode. En effet, à leur retour, ils retrouvaient, chaque fois ou presque, leurs biens pillés et dévastés par les tribus voisines ou bien par les hordes de charognards qui n'attendaient que cela et se devaient de repartir de zéro avec les biens qu'ils avaient pu emporter et ainsi sauver.

Pour l'heure il s'agissait de préserver l'essentiel, c'est-à-dire la survie du peuple des Nowanguis. Le convoi se dirigeait vers les terres des Boungaris, tribu traditionnellement amie qui pourrait accueillir comme à l'accoutumée un campement nowangui contre un paiement raisonnable. C'est du moins ce qu'espérait Dolan.

Après six heures de marche en direction des massifs montagneux des Hautes Terres, le convoi fut stoppé. Dolan, positionné à l'arrière avec une dizaine de guerriers, poussa son cheval pour remonter tout le convoi et voir quelle en était la cause. Wirod, comme prévu, ouvrait la marche du convoi et se trouvait face à deux guerriers boungaris qui avaient arrêté le convoi. Dolan reconnut l'emblème de leur tribu sur les armes des soldats.

— Que se passe-t-il Wirod ? demanda-t-il en s'adressant au jeune guerrier.

— Ces deux-là se sont mis en travers de notre chemin ! et on ne comprend rien à ce qu'ils racontent … est-ce qu'on les élimine ? Demanda Wirod en montrant les deux guerriers.

— Non ! ce sont des Boungaris ! une tribu amie qui devrait nous aider ! répondit Dolan. Va chercher Yotasum ! lui saura leur parler dans l'intérêt de notre tribu car il a l'habitude de ces situations.

Wirod remonta sur son cheval et partit au galop retrouver Yotasum. Mais celui-ci avait déjà anticipé son intervention et arrivait sur le groupe de tête. Dolan lui demanda d'expliquer la raison de leur présence et de négocier au mieux leur présence sur leurs terres. Un échange rapide s'ensuivit entre Yotasum et les deux guerriers puis, le « maître du feu » expliqua :

— Dolan, ils disent que nous devons attendre Windrakar, leur chef, qui ne devrait pas tarder …

— Oui je connais Windrakar ! répondit Dolan. Je l'ai connu alors qu'il n'était qu'un jeune guerrier ambitieux, mais je ne savais pas qu'il était devenu le chef de leur tribu …

— C'est mauvais signe, n'est-ce pas ? commenta Yotasum. Dolan se contenta d'acquiescer, puis, se tournant vers Wirod, il fit un signe de la tête que celui-ci sembla comprendre et Wirod repartit en direction du milieu du convoi.

Peu après, une troupe d'une vingtaine de guerriers boungaris ne tarda pas à apparaître avec, à leur tête, leur chef Windrakar. Celui-ci montait un magnifique étalon blanc et il avait revêtu la tenue traditionnelle d'apparat de sa tribu. C'était un homme jeune et robuste, en pleine force de l'âge, visiblement sûr de son autorité et de sa puissance. Lorsqu'ils furent assez proches, celui-ci s'approcha de Dolan qui lui fit un salut respectueux et il se mit à parler dans son langage natal. Les tribus de la région parlaient des dialectes qui étaient très proches, mais Dolan fit mine de ne pas comprendre, afin que Yotasum entame la négociation à sa place.

— Windrakar te souhaite la bienvenue sur ses terres ! traduisit Yotasum.

— Ah oui ? dit Dolan. Je me demande bien alors pourquoi il est accompagné d'autant de soldats. Dis-lui que je suis heureux qu'il soit devenu le chef du peuple boungari à présent !

Yotasum traduisit à destination de Windrakar. Puis, à nouveau la réponse de celui-ci :

— Windrakar a appris que nos basses terres étaient inondées et il dit connaître la longue tradition qui lie les peuples boungari et nowangui. Il nous autorise à camper sur ses terres moyennant … un petit dédommagement comme le veut la coutume.

Le magicien des Basses Terres

— Combien ? demanda seulement Dolan.

— Il demande deux cents livres de blé et cinquante têtes de bétail par période de sept jours …

— C'est du vol ! constata Dolan. Dis-lui que ses prédécesseurs n'étaient pas si gourmands …

— Mais avons-nous le choix ? remarqua Yotasum après avoir traduit la seconde partie de la phrase de Dolan.

— Evidemment que non ! murmura Dolan. D'autant que j'ai observé des mouvements de soldats, des archers je crois, qui se déplacent sur notre droite, tandis que d'autres cavaliers sont postés sur notre gauche. J'ai demandé à Wirod de préparer nos guerriers à une possible confrontation, mais cela serait totalement suicidaire de notre part, car si je craignais qu'ils soient bien plus nombreux que nous, à présent j'en ai la preuve.

Bien que n'entendant pas l'échange, Windrakar semblait prendre un malin plaisir à suivre leur conversation car un sourire narquois était apparu sur son visage.

— Dis-lui qu'on est d'accord ! lança Dolan avec une grimace et en repartant en direction vers la fin du convoi.

II -Le « magicien »

La vie reprenait lentement son cours dans le village des Nowanguis sous un ciel peu nuageux avec un timide soleil de printemps. Ils étaient revenus de leur exode après avoir enterré dans les Hautes Terres cinq membres de la tribu, trois anciens et deux enfants en bas âge, qui n'avaient pas supporté les conditions de vie de ces derniers jours. Et une fois de plus à leur retour, ils avaient constaté que tout avait été saccagé, les champs, les maisons et le fleuve en débordant avait fait le reste.

Dolan était triste. Son immense carcasse se courbait de plus en plus avec l'âge. Et bien entendu, il n'était exempté d'aucune critique à l'égard de ses décisions durant cette période de crise, et en particulier celle d'avoir accepté les conditions des Boungaris pour établir un campement sur leurs terres. En plus, cette fois-ci les critiques n'émanaient pas uniquement des jeunes loups de la tribu qui voulaient prendre sa place, mais elle provenait également de la part de certains anciens qui estimaient que les choses ne pouvaient plus durer ainsi et que Dolan n'avait pas fait assez pour les changer.

D'ailleurs, en son for intérieur, Dolan n'était pas loin de penser comme eux. Mais il ne voulait surtout pas abandonner le pouvoir à des personnes irresponsables qui allaient, tel ce Wirod, conduire à coup sûr le peuple nowangui à sa perte. Et tant qu'il ne verrait aucun membre à qui passer le relai, capable et digne d'occuper sa fonction, il assumerait ses responsabilités jusqu'au bout.

Son attention fut attirée par un attroupement sur la place du village. Il s'approcha pour constater que la majorité du public était composée de jeunes gens de la tribu massés autour d'un individu que Dolan n'avait jamais vu. L'inconnu était petit et frêle, la peau mate et les cheveux bruns. Il portait une tunique taillée dans un épais tissu noir, ainsi

Le magicien des Basses Terres

qu'une large capuche qui recouvrait presqu'entièrement le visage. Il était difficile de lui donner un âge, mais son regard perçant, comme celui d'un aigle, était une chose que l'on ne pouvait oublier après l'avoir croisé.

— Qui est-il ? demanda Dolan à Jimîra, une des plus jeunes filles de Yotasum.

— Nous ne savons pas, répondit-elle. Il dit qu'il vient du nord et qu'il n'a pas de nom. Mais il est très drôle avec ses tours de magie … un véritable magicien, un « yogan » comme on dit chez nous.

En effet, l'homme posa au sol une large étoffe et fit mine de faire une incantation avec ses bras en tournant sa maigre carcasse vers le ciel, par trois fois. Puis se penchant vers le sol, il ramassa le tissu et découvrit deux colombes qui s'envolèrent sous les cris admiratifs du jeune public. Dolan sourit et se dit qu'un peu de divertissement et de rêve pour les enfants dans cette période obscure ne pouvait pas faire de mal. Mais il sentit que les choses allaient se gâter lorsqu'il vit arriver Wirod accompagné de deux autres jeunes guerriers de la tribu …

Le chef de file des guerriers écarta les jeunes spectateurs et vint se poster face à l'inconnu au milieu du cercle.

— Qui es-tu étranger ? et que fais-tu ici ? questionna-t-il.

L'homme, le visage impassible, le regarda sans répondre.

— Il ne parle pas notre langue ! dit une voix dans la foule des plus jeunes.

— Peu importe ! lâcha Wirod. Il s'agit sans doute de l'un de ces pillards qui ont saccagé notre village. Qu'il s'en aille ! ou bien je vais m'occuper de lui …

— Ce n'est pas à toi d'en décider ! intervint Dolan. La tradition de notre village est, au contraire, d'accueillir ceux qui sont dans le besoin, à condition qu'ils ne volent pas et qu'ils méritent notre générosité.

Le magicien des Basses Terres

L'inconnu se mit alors à parler dans sa langue natale en s'adressant à Jimîra qui, visiblement, semblait être la seule à le comprendre, sans doute parce que Yotasum lui avait enseigné ce dialecte. Il s'exprimait d'une voix étrangement grave et sonore pour sa corpulence.

— Que dit-il ? demanda Dolan à Jimîra.

— Il dit qu'il se sent bien chez nous, qu'il souhaite rester quelque temps, mais qu'il ne voudrait pas être la cause de querelles internes à la tribu. traduisit Jimîra. Il ajoute qu'il ne comptera pas sur la mendicité pour subvenir à ses moyens et que, comme dans tous les villages où il a séjourné, il travaillera dur pour gagner son pain …

— Encore faudrait-il que quelqu'un veuille bien accepter ses services ! railla Wirod. Ce qui fit rire une partie de l'assistance.

— Je suis certaine que mon père lui trouvera une occupation, répondit la jeune Jimîra.

— Nous verrons bien ! conclut Dolan. Nous nous reverrons d'ici une lune. Traduit cela Jimîra veux-tu ?

Ce que fit la fille de Yotasum. Puis Jimîra invita l'homme à la suivre pour être présenté à son père.

Le magicien des Basses Terres

Yogan « le magicien » … car tel était le nom que désormais le village donnait à l'étranger, Yogan vit arriver de loin la grande carcasse de Dolan en direction de la maison de Yotasum. Ce dernier vit à son tour le chef de la tribu, entouré de quelques individus dont l'inévitable Wirod, qui semblait venir comme prévu évaluer le séjour de l'étranger. Cela faisait déjà une lune que Yotasum avait accueilli sous son toit l'homme venu du nord. Yotasum sortit de chez lui et, sans un mot pour les autres, salua Dolan.

Yogan était en train de construire un mur de pierres pour permettre de maintenir une butte de terre d'un mètre vingt de hauteur environ. Malgré l'imposante taille des rocs de pierre, l'homme frêle parvenait aisément à porter les gros cailloux les uns sur les autres avant de les sceller avec un mélange de terre glaise.

Dolan s'approcha de lui, curieux de voir la construction et questionna :

— Yogan, que fais-tu donc avec ces blocs de pierre ?

— Je surélève la maison de Yotasum afin qu'elle ne soit plus jamais inondée, répondit l'homme dans le dialecte du village avec un fort accent du nord.

Dolan, pensant que Yogan avait mal compris, se tourna vers Yotasum et demanda à nouveau :

— Yotasum, que fait-il ?

— Mais il vient de te le dire ! Dolan ! il construit un mur de pierres et d'argile qui, en séchant, va les souder entre elles et devenir étanche, ce qui permettra de rehausser le plancher de la maison pour la rendre hors d'eau à jamais.

A cet instant Dolan réalisa que l'étranger lui avait répondu dans la langue nowangui.

— A-t-il appris à parler notre langue en si peu de temps ? interrogea Dolan.

— Absolument ! confirma Yotasum avec un large sourire. Cet homme a des facilités pour apprendre les langues. Et je sais de quoi je parle …

Le magicien des Basses Terres

— Et qu'a-t-il fait depuis une lune qu'il est ici ? continua Dolan. Tu sais que j'avais promis d'évaluer son séjour parmi nous et juger de le garder ou bien de le renvoyer.

Yotasum acquiesça et répondit :

— Oui je sais ! Jimîra me l'a dit. Eh bien depuis qu'il est ici, il est tour à tour maçon, comme tu peux le voir aujourd'hui, mais aussi cultivateur avec nous dans les champs et les vergers et également pêcheur avec mes fils le long du fleuve. Bref, ce sont des bras supplémentaires bienvenus chez nous et il ne vole pas les repas qu'il prend avec nous. De plus, il n'hésite pas à apprendre son savoir-faire à l'ensemble de mes enfants qui le considèrent comme un érudit. Il est capable d'enseigner les la lecture et l'écriture, les langues, les mathématiques, la morale et bien d'autres choses.

— Très bien ! admit Dolan. Je suis très heureux pour toi d'avoir osé mettre à l'épreuve cet inconnu chez toi et de pouvoir en retirer les bénéfices aujourd'hui …

— Si tu veux mon humble avis Dolan, poursuivit Yotasum, je ne serai pas le seul, comme tu dis, à pouvoir retirer des bénéfices de sa présence ici, car c'est lui qui a eu l'idée de rehausser le niveau des maisons pour éviter les inondations. Pour peu qu'on l'écoute, Yogan fourmille d'autres idées … Tu devrais t'entretenir avec lui …

— Nous manquons plus de guerriers que de maçons ou d'érudits ! s'exclama soudain Wirod, cet homme est un poids mort supplémentaire et nous n'avons pas besoin de lui …

Dolan interrompit le jeune guerrier d'un geste de la main et prit un air dubitatif :

— D'où proviennent ces pierres ? il n'y en a pas sur les Basses Terres. questionna-t-il.

— C'est vrai ! répondit Yotasum. Mais nous les échangeons contre quelques sacs de blé ou de maïs avec les Boungaris. Chaque semaine, nous faisons plusieurs voyages vers les Hautes Terres et nous revenons avec nos charriots chargés de rocailles. C'est l'idée de Yogan pour troquer ce que nous avons en quantité contre cette matière précieuse qui nous manque …

— Crois-tu vraiment que cela va suffire pour mettre définitivement hors d'eau ta maison ? demanda Dolan.

Yogan s'arrêta de travailler pour s'approcher de Dolan et lui montrer une trace sur le mur de la maison de Yotasum.

— Vous voyez cette marque ? dit-il. c'est la hauteur maximum de l'eau que vos anciens ont relevé lors des plus fortes inondations du fleuve. Si vous surélevez le plancher des habitations au-dessus de cette marque, vous serez alors assurés de ne plus être sous les eaux !

Dolan semblait pensif, partagé entre la logique du raisonnement de Yogan et l'idée que la tâche paraissait si démesurée qu'elle lui semblait hors d'atteinte.

— Imagines-tu pouvoir faire ces travaux pour toutes les demeures du village ? demanda le chef de la tribu visiblement indécis.

— Oui, bien sûr ! affirma l'étranger, c'est beaucoup d'efforts certes, mais pour un résultat qui en vaut la peine, plus jamais d'exode du peuple nowangui vers les Hautes Terres !

Cette perspective était séduisante pour Dolan qui avait difficilement vécu l'épisode du dernier exode et qui, bien qu'hésitant, pensait que la chose méritait d'être mûrement réfléchie.

— Le Conseil en décidera ! finit-il par lâcher en tournant les talons.

III -   LE CONSEIL

Dolan avait convoqué le Conseil, alors que cela était une chose exceptionnelle et les membres se demandaient quelle annonce le Chef avait décidé de faire. Se trouvaient présents dans la grande hutte, comme à l'habitude, Tananawan, la seule femme du Conseil, Wirod, le représentant des jeunes guerriers de la tribu, Yotasum, le « maître du feu », Tishan, le forgeron, Yogan, le « magicien » et quatre autres anciens de la tribu.

> — J'ai besoin de vous consulter, commença Dolan, parce que Yogan m'a suggéré une idée que je trouve séduisante, mais dont j'ai du mal à apprécier la faisabilité, alors vous allez m'éclairer ! … notre ami Yogan a entrepris de rehausser la maison de Yotasum au-dessus du niveau de l'eau que nos ancêtres ont observé lors des plus fortes crues du fleuve. Pour cela, il utilise des pierres provenant des Hautes Terres troquées avec les Boungaris contre de la nourriture et, selon lui, cette possibilité serait envisageable pour la totalité des demeures de notre village. Quel est votre avis ? Tananawan …

> — Je trouve que c'est une excellente idée ! déclara sans hésiter Tananawan avec un air enthousiaste. Si nous pouvions ne plus craindre la saison des grandes pluies et les inondations qui en résultent, cela serait sans aucun doute une période faste pour notre tribu ! un confort jamais espéré jusqu'ici …

> — Et toi Tishan, qu'en dis-tu ? interrompit Dolan.

Tishan le forgeron était un homme grand, d'âge mûr et de forte corpulence avec une moustache abondante et d'épais sourcils. Il semblait avoir du mal à saisir le sens de la question qui lui était posée et son hésitation trahissait les doutes qui avaient envahi son esprit.

Le magicien des Basses Terres

— J'ai entendu dire que Yotasum avait fait réaliser par l'étranger des travaux pour surélever sa maison, dit-il, mais, par nature, je suis toujours très réservé sur les bonnes idées des conseilleurs qui ne sont pas les payeurs, n'est-ce pas ? il s'agit là d'une tâche extraordinairement difficile à accomplir et qui, de surcroît, va prendre tout notre temps durant des lunes ! n'ai-je pas raison étranger ?

Tishan s'était tourné vers Yogan comme pour le prendre à témoin du fait que son avis découlait de l'évidence. Celui-ci ne répondit rien.

— Wirod, quel est ton avis ? demanda Dolan.

— Je suis en colère, répondit le jeune guerrier, de constater que Yogan veut nous transformer en maçons, alors que nous avons besoin de soldats, de combattants, pour faire face à toutes les menaces que notre peuple va devoir affronter. Car, nous devons craindre la pluie, l'eau, les intempéries et les inondations, certes, mais nous devrons également résister aux hordes sauvages de pillards qui vont déferler dès lors que l'hiver les aura privés de nourriture. Et il n'est pas exclu que nos voisins de l'est, les Boungaris, et ceux du nord, les Timanaks ou bien les Kawanabis décident de nous envahir lorsqu'ils verront que nous ne sommes plus assez forts !

Un silence parcourut l'assemblée durant quelques secondes après les arguments avancés par le jeune Wirod qui se plaisait à rappeler à tous que les dangers étaient nombreux pour les habitants des Basses Terres. D'ailleurs, Tishan le forgeron semblait manifester son approbation par des signes du menton.

— Qu'en penses-tu Yotasum ? demanda Dolan. Ce que dit le jeune guerrier est plein de bon sens !

— Oui, répondit le « maître du feu », il faut bien reconnaître qu'il n'a pas tort. Notre peuple doit être prêt à affronter simultanément toutes ces menaces et c'est sans doute la raison pour laquelle nous n'y arriverons pas. Et que nos jours sont comptés …

Le magicien des Basses Terres

— Car, ne vous trompez pas ! enchaîna-t-il, il faut bien admettre que depuis quelques lustres, notre population décroît. Chaque année il y a un peu plus de nos anciens qui ne supportent pas le froid, l'exode et les intempéries, un peu plus de guerriers qui disparaissent dans les combats livrés contre nos ennemis, un peu plus de jeunes enfants qui sont victimes de la mortalité infantile qui progresse à cause de l'insalubrité de notre habitat … et au final, c'est toujours un peu moins de Nowanguis, alors la question qui se pose est la suivante, jusqu'à quand le peuple nowangui pourra-t-il survivre ?

— Est-ce toi Tishan qui fera vivre décemment ta famille et qui la défendra contre les pillards qui descendent des montagnes ? observa-t-il en regardant le forgeron droit dans les yeux.

— Est-ce toi Wirod, qui ne parle que de violence, qui fera obstacle aux envahisseurs toujours plus nombreux avec seulement la poignée de jeunes braves qui restent ? poursuivit-il.

— Est-ce toi Tananawan, qui aura les bras assez larges pour accueillir les orphelins toujours plus nombreux ? et toi, Dolan, ne crois-tu pas qu'il est temps de se poser les bonnes questions ? les questions qui conditionnent notre survie ?

— Alors, je vais laisser Yogan vous expliquer comment il voit les choses, et ensuite, nous délibérerons, mais pour ma part, ma conviction est déjà faite, il n'est plus possible d'ignorer que nous allons droit dans le mur et que l'on ne peut continuer ainsi !

Après les propos de Yotasum, assénés comme des coups de poignard à chacun des participants du Conseil, la tension était palpable mais personne n'osait contredire le sage. Puis, lentement, l'atmosphère se détendit, comme si les mots durs du « maître du feu » avaient eu le mérite de faire prendre conscience que la situation était bien plus grave que la question posée en début de séance par Dolan.

— Que proposes-tu Yogan ? finit par demander Dolan.

Le magicien des Basses Terres

Yogan le « magicien », qui n'avait rien dit jusque-là, eut un regard circulaire respectueux pour l'assemblée avant de prendre la parole :

— Je viens d'une région située dans le nord du Royaume, dit-il d'une voix calme et sereine avec son fort accent du nord, où j'ai été élevé par un shaman qui m'a recueilli après la mort de mes parents lorsque j'avais trois ans. Cet homme m'a élevé durement, mais son enseignement était juste et il m'a appris tout ce que l'on doit savoir pour affronter la vie. Puis, je l'ai quitté pour découvrir le monde et je suis allé d'oasis en villages, de villages en cités, du nord au sud et de l'est à l'ouest. J'ai vécu de nombreuses expériences enrichissantes, et mon voyage m'a conduit jusqu'ici … où Yotasum et sa famille m'ont accueilli chaleureusement … avant que je ne me décide de poursuivre à nouveau ma route.

— Ce shaman m'a toujours dit, enchaîna-t-il, que si tu parviens à transformer tes faiblesses en forces, alors tu seras craint de tes ennemis. Et s'il était ici, c'est ce qu'il vous dirait …

— Et que dirait-il plus précisément ? interrompit Dolan, car je vois bien où sont toutes nos faiblesses, mais je n'ai aucune idée quant à celles que nous pourrions transformer en forces !

— Moi non plus ! confirma Tishan le forgeron.

— Alors, Yogan, questionna Dolan, quelle est donc cette faiblesse qui va faire notre force, selon toi et le shaman ?

— L'eau ! déclara le « magicien », votre faiblesse principale, c'est l'eau, l'eau du ciel et l'eau du fleuve, qui vous chasse régulièrement de votre village et qui vous oblige à tout recommencer de zéro …

— Oui, sans aucun doute, reconnut Dolan, l'eau est notre principale faiblesse, mais comment peut-elle devenir soudain notre force ?

Alors, Yogan sortit de sa poche un bout de charbon de bois, et, sans un mot, se mit à griffonner sur le mur en bois de la hutte du Conseil. Il traça tout d'abord un gros trait de haut en bas, puis dessina un coude à

Le magicien des Basses Terres

angle droit vers la gauche. Il poursuivit son schéma avec trois cercles, l'un qui englobait le bas du dessin, l'autre la partie ouest et le dernier la partie nord.

— Voilà les Basses Terres, dit-il en montrant le premier cercle, avec votre village et ses dépendances adossées au fleuve. A l'est et au sud, vous êtes protégés par l'eau, le fleuve et ses méandres dans la forêt et ses marécages, n'est-ce pas ? c'est déjà une force, car vous ne pouvez pas avoir d'ennemis venant de l'est et du sud ...

— Restent vos ennemis du nord et de l'ouest venant des Hautes Terres, continua-t-il en montrant les deux autres cercles. Alors, si vous faites une brèche là ...

Il traça une croix au nord, sur le trait symbolisant le fleuve :

— Vous allez provoquer l'inondation des parties nord et ouest des Basses Terres, dit-il, et le village nowangui sera totalement entouré d'eau, le mettant à l'abri des attaques intempestives venues de ces contrées. C'est en devenant les maîtres de l'eau, et du fleuve, que vous allez la transformer en une force amie qui surprendra vos ennemis !

— Mais, intervint le forgeron, si nous creusons les berges du fleuve, comment pourrons-nous éviter d'être inondés nous-mêmes ?

— Réfléchis un peu, Tishan ! répliqua alors Yotasum.

Le forgeron prit un air ravi lorsqu'il découvrit lui-même la réponse à sa question :

— En surélevant nos demeures ! s'exclama-t-il avec un sourire complice.

— Exactement ! assura Yogan, mais pas seulement, il faudra aussi ériger une petite digue pour contenir l'écoulement des eaux à distance respectable du village et conserver un espace suffisant pour continuer à cultiver vos terres, récolter vos semences et élever vos animaux domestiques même en temps de crue.

— Eriger une digue ? s'exclama Wirod, resté silencieux jusque-là, intrigué par les propos de Yogan, après avoir été maçon, il

Le magicien des Basses Terres

faudra devenir terrassier ! et pendant ce temps nos ennemis ne resteront pas les bras croisés, ils en profiteront pour nous attaquer et nous asservir avant même que tous ces travaux pharaoniques ne soient réalisés !

Les membres de la petite assemblée se tournaient maintenant vers Yogan, car l'objection de Wirod avait visiblement obtenu le consensus auprès d'eux. Celui-ci ne semblait pas affecté par la remarque du jeune guerrier et il jeta un regard bienveillant sur ses interlocuteurs avant de répondre :

— Votre communauté comporte un nombre important d'individus n'est-ce pas ? demanda-t-il.

— Oui, répondit Dolan, mais si l'on écarte les plus faibles, comme les femmes, les enfants et les vieillards, il ne reste que très peu de monde pour prendre les armes en cas d'attaque !

— J'ai déjà connu un village qui se trouvait dans votre situation, observa Yogan, et ils ont résolu une partie de leur problème …

— Et comment ont-ils fait ? interrogea Dolan.

— En utilisant leurs individus les plus faibles, répliqua Yogan, pour en faire des forces !

— C'est à dire ? questionna Dolan.

— Eh bien, expliqua Yogan, sauf les jeunes mamans, leurs femmes sont devenues des archères émérites …

— Et qui gardait les enfants, ramassait les récoltes et faisait la cuisine ? demanda Tishan le forgeron.

— Les anciens, aidés des femmes enceintes et des enfants les plus grands ! répondit le « magicien ».

— Des femmes pour aller au combat ? interrogea Wirod, stupéfait.

— Absolument ! confirma Yogan, et je puis vous assurer qu'elles étaient de redoutables soldats, tout aussi féroces que les hommes !

Le magicien des Basses Terres

Un silence éloquent envahit la petite hutte tandis que chacun des membres du Conseil semblait assimiler les propos de l'étranger. Puis, ce fut Wirod qui relança ses critiques :

— Tout cela n'est qu'une vision sans espoir ! dit-il, nous ne parviendrons pas à tout faire et nous allons périr à la première attaque des pillards …

— Tais-toi Wirod ! intervint alors Tananawan, même moi qui ne suis pas très intelligente, j'ai tout compris ! Yogan nous donne la clé de la survie de notre peuple. Sachons l'écouter ! si j'ai bien compris, il nous dit que si nous parvenons à vivre en harmonie avec l'eau, celle du fleuve comme celle du ciel, nous aurons une alliée précieuse contre tous nos ennemis plutôt que d'avoir à en subir les effets néfastes. Et il nous dit aussi que l'heure est à la mobilisation de toutes nos ressources pour espérer tenir tête à tous les dangers qui menacent le peuple nowangui !

— C'est exactement cela ! intervint Yotasum, nous n'avons plus le choix, c'est cela ou bien nous périrons tous sous peu !

— Oui, Yotasum, demanda Dolan, mais aurons-nous le temps de tout organiser avant que les menaces d'invasion de nos terres ne se précisent ?

— Nous sommes dans la saison sèche pour une durée de trois ou quatre lunes avant que l'hiver n'arrive, répondit le « maître du feu », et il est peu probable que nous ayons de fortes pluies d'ici là. Le fleuve est à son étiage le plus bas et donc les augures sont favorables pour envisager des travaux de grande importance …

— Oui, s'enthousiasma Tananawan, il ne faut plus perdre de temps si nous voulons conserver nos chances de réussir cette magnifique aventure !

— Il y a tout de même un élément qui vous a peut-être échappé, fit tranquillement observer Yogan, c'est qu'il vous faut désormais faire abstraction de votre sort personnel au profit du vivre ensemble, en mettant tout ce qui vous appartient au service de

Le magicien des Basses Terres

la communauté … à partir de maintenant vous allez vivre dans une grande et même famille !

— Sans aucun doute, conclut Dolan, mais comme l'a fort bien dit Yotasum, nous n'avons désormais plus le choix, alors, c'est décidé, nous optons pour la proposition de Yogan !

IV - LA SAISON DES PLUIES

Après la séance du Conseil, le peuple nowangui se mit au travail, tel une fourmilière, avec un allant et une ardeur que nul ancien n'avait gardés en mémoire. C'était désormais une course contre la montre. En effet, la saison sèche ne durerait plus très longtemps et il fallait se presser. On avait assisté à l'éclosion de plusieurs chantiers simultanés.

Le premier, sous la responsabilité de Yotasum, consistait à surélever toutes les maisons des Nowanguis. Les échanges de blocs de pierre contre des sacs de blé, de maïs, ou bien des féculents et des fruits, provoquaient, chaque jour, un défilé ininterrompu de charriots tirés par des bœufs emportant la nourriture et ramenant les cailloux depuis les Hautes Terres. Puis, les hommes valides montaient les pierres les unes sur les autres, qu'ils scellaient avec de la glaise, suivant l'exemple qu'avait montré Yogan pour la demeure de Yotasum.

L'une après l'autre, les maisons bénéficiaient ainsi d'une mise hors d'eau, ainsi que de murs solides assis sur de véritables fondations. Lorsqu'il restait des pierres, il était décidé le plus souvent de se doter d'une cheminée afin de pouvoir améliorer les conditions de vie durant l'hiver qui n'allait pas tarder.

Le deuxième chantier concernait la tâche difficile de préparer la déviation du fleuve Anahrog à environ deux kilomètres en amont du village. Yogan avait proposé Tishan, le forgeron, pour assurer la conduite des opérations. Les travaux de terrassement s'annonçaient longs et pénibles jusqu'à ce que Yogan ne fournisse les plans d'une énorme charrue, armée de six socs imposants et tractée par quatre bœufs. Avec cet outil, fabriqué en deux exemplaires dans la forge de Tishan, l'aménagement du cours d'eau artificiel fut beaucoup plus aisé.

Des jours durant, les deux charrues creusèrent inlassablement ce qui allait être le nouveau lit du fleuve pour la partie qui serait déviée. Les

Le magicien des Basses Terres

travaux étaient réalisés lors de la saison sèche avec un niveau d'eau assez bas. Il était certain que dès les premières pluies, le fleuve commencerait à déborder par la brèche prévue à cet effet et que le bassin serait rempli rapidement. Il suffisait d'attendre que la nature fasse son œuvre.

Le troisième chantier était relatif à l'apprentissage de l'utilisation des arcs par les femmes valides du village. Yogan avait proposé Wirod pour prendre en charge cette formation. Ce dernier fut visiblement fort honoré d'avoir été choisi pour déployer la pratique de son art favori. Ce fut donc Wirod, aidé d'une dizaine de jeunes guerriers qui fabriquèrent les arcs et les flèches destinés aux femmes soldats. Celles-ci étaient, pour la plupart, de jeunes femmes motivées et enjouées à l'idée d'être entrainées par les guerriers qui bénéficiaient d'une aura particulière. D'ailleurs, Jimîra, la plus jeune fille de Yotasum, n'avait d'yeux que pour Wirod.

Le quatrième chantier fut confié à Tananawan. Il consistait à initier les enfants et les anciens du village à réaliser les tâches ingrates de semer, récolter, cultiver les potagers et les vergers, élever les animaux de la ferme, et préparer le repas pour les travailleurs affamés des autres chantiers. « Mam » était ravie et fière d'avoir été choisie pour instruire aussi bien ces jeunes enfants que leurs ainés et tous s'acquittaient de bonne grâce des corvées et astreintes imposées par les tâches liées à la restauration de l'ensemble du village. C'était une nouvelle façon de vivre en communauté qui avait le mérite de valoriser le travail de tout le monde et de justifier sa place dans cette nouvelle organisation de la société.

Le moral des Nowanguis était au plus haut, car, jamais, un tel dessin ne leur avait été proposé. L'envie et la motivation de tous les villageois étaient perceptibles. Dolan et Yogan supervisaient l'ensemble des chantiers et il ne se passait pas une demi-journée sans que leur avis ou leur accord ne soit requis pour que la bonne marche de l'ensemble des ouvrages ne soit assurée.

L'échéance de la troisième lune, à l'approche de l'hiver, fut l'occasion de faire un point sur l'état d'avancement des diverses opérations. Le Conseil prit alors le temps de faire un premier bilan.

Le magicien des Basses Terres

— Toutes les demeures sont surélevées, rapporta Yotasum, elles ont désormais un toit de chaume qui devrait résister aux vents et protéger de la pluie, elles sont aussi dotées d'une cheminée, et comme le bois ne manque pas, contrairement à la pierre, le confort cet hiver sera inégalé ! à présent, nous sommes en train de renforcer les rues et les voies à l'intérieur du village, avec les derniers blocs de pierre, pour permettre de circuler même pendant les périodes d'inondations, et, sous peu, nous prévoyons d'aménager des espaces hors d'eau pour nos animaux domestiques ...

— C'est une excellente nouvelle ! commenta Dolan. Et toi, Tishan où en es-tu ?

— Nous n'avons pas encore terminé de creuser le nouveau lit du fleuve qui sera la voie d'évacuation des eaux au nord du village et qui mesure vingt stades de longueur (*NDLA : le stade correspondait à environ 157 mètres*), répondit Tishan. Grâce aux charrues imaginées par Yogan, les bœufs font le plus gros du travail, mais la tâche n'est réalisée qu'au trois-quarts environ.

— Si la pluie commence à tomber prochainement et fait déborder le fleuve, prévint Dolan, l'intérieur du village va être inondé.

— Cela n'est pas bien grave, remarqua Yotasum, puisqu'à présent l'eau est notre alliée. Nous pouvons envisager une inondation car nous sommes à l'abri au-dessus du niveau de l'eau ...

— Voilà une façon de raisonner qui ne nous est pas encore familière, constata Tishan.

— Wirod, enchaîna Dolan, quelles sont les nouvelles du front ?

— Je dois avouer que je n'y croyais pas beaucoup, avoua le jeune guerrier, mais les femmes du village ont fait d'énormes progrès et, même si elles ne sont pas toutes prêtes, je n'aimerais pas me trouver face à elles lors d'un assaut !

— J'aurais quelque chose à te proposer pour celles qui sont les moins adroites, Wirod, déclara Yogan, je suis certain que cela va t'intéresser.

Le magicien des Basses Terres

— Oui, volontiers, répondit le jeune guerrier, mais en faisant nos exercices, nous avons trouvé utile qu'une tour de guet soit bâtie à l'entrée du village pour en contrôler l'accès ...

— C'est une suggestion pertinente, acquiesça Dolan, qu'en pensez-vous Yogan ?

— Je suis aussi de cet avis, répondit le « magicien », il faudra envisager sa construction avec des fondations en pierres, de sorte qu'elle soit dissuasive ! et il faudra fabriquer un pont pour permettre de franchir l'obstacle d'eau, une sorte de passerelle en bois que l'on pourra relever pour interdire l'accès au village.

— Parfait ! et comment vont les plus jeunes et les plus vieux ? dit Dolan en se tournant vers Tananawan.

— Ils se débrouillent comme des chefs ! répliqua « Mam ». J'ai eu de bons retours sur la qualité de nos repas de la part de nos pensionnaires. Mais, il est nécessaire d'envisager la création d'un entrepôt pour toutes nos céréales non loin du lieu où les repas sont pris, parce que nous perdons un temps fou à rassembler chaque jour les matières premières.

— C'est une excellente remarque ! s'exclama Dolan, mais cela fait un sixième chantier ! pourrons-nous faire face à toutes ces exigences ?

— C'est une bonne question, reconnut Yotasum, mais nous ne sommes pas obligés de tout faire cette année, la priorité est d'achever les travaux en cours. D'autant que j'ai moi aussi une proposition à vous faire ... il serait opportun de construire une palissade tout autour du village pour nous protéger des assaillants ...

— Oui, nous avons eu la même réflexion, expliqua Tishan. D'ailleurs, la chose est simple à réaliser, puisque, pour faire le fossé qui borde l'étendue d'eau, nous avons déposé la terre récupérée sous la forme d'un remblai et nous avons abattu un grand nombre d'arbres. Il nous suffira d'ériger une enceinte avec ce bois pour compléter la protection du village.

Le magicien des Basses Terres

— Voilà un programme bien complet ! admit Dolan, nous nous revoyons dans une lune pour faire un nouveau bilan.

Le magicien des Basses Terres

Les nuages noirs s'accumulaient au fur et à mesure que les vents de l'est les poussaient dans la direction des Hautes Terres et des pics montagneux qui leur faisaient obstacle. Le scénario était toujours le même. Lorsque l'horizon était totalement bouché, la pluie finissait par tomber, tout d'abord par averses brèves mais intenses, puis, avec des orages violents, des éclairs, des tonnerres, et même de la grêle. Il valait mieux alors que les récoltes soient à l'abri. Ensuite, c'était un régime de pluies régulier qui prenait le relais, de la pluie sans discontinuer, durant des jours et des jours, jusqu'à ce que la terre ne puisse plus absorber l'eau qui finissait dans le fleuve.

Le débit du fleuve enflait, alimenté par les eaux de ruissellement et par les affluents en amont qui collectaient les torrents descendus des montagnes voisines. La taille des flots au niveau des Basses Terres devenait démesurée, avec de forts remous, et les eaux débordaient en commençant par envahir les marécages en bordure du fleuve. Puis, c'était la plaine toute entière qui disparaissait sous les eaux et pour les habitants, il valait mieux avoir quitté les lieux.

Enfin, quelques jours plus tard, lorsque le soleil refaisait son apparition, d'abord timide, puis radieux, le fleuve réintégrait son lit en laissant ce précieux limon de terre riche, propice aux semences des Nowanguis.

Et le scénario était à nouveau sur le point de se répéter. Dolan connaissait bien les signes avant-coureurs du phénomène. Les orages, d'abord lointains, se rapprochaient des Basses Terres, puis les pluies abondantes feraient le reste. Dolan était anxieux, car, pour la première fois de son existence, il regardait arriver le déluge avec crainte, mais il ne bougerait pas, il ne donnerait pas l'ordre à la tribu de se réfugier en direction des Hautes Terres, celle des Boungaris. Il sentait son estomac se nouer à l'approche des nuages menaçants et il espérait que le plan de Yogan ne comporterait pas une faille, sans quoi, lui et les siens étaient perdus. Et il comprit que, pour la première fois de son existence, il découvrait ce qu'était la peur …

En effet, Dolan avait une peur atavique des eaux et il n'aurait jamais pu avoir l'idée bizarre, comme celle de Yogan, de se laisser enfermer dans un lieu totalement encerclé par les eaux. C'était une aventure risquée,

Le magicien des Basses Terres

il le savait bien, mais il avait jugé, comme tous les autres, qu'ils n'avaient plus de choix. Et puis, à présent, c'était de toute manière trop tard, ils allaient être rapidement fixés sur le sort que leur réservaient les Dieux du Ciel.

Soudain, il entendit des cris dans la direction du nord, vers le fleuve, et il accourut pour voir ce qui était la cause de cette excitation. De nombreux villageois se dirigeaient, tout comme lui, vers le lieu d'où semblaient provenir les éclats de voix. Arrivé sur place, il constata que cette clameur exprimait la joie de certains villageois qui regardaient, tels des enfants heureux, les eaux du fleuve emprunter le chemin de son second lit, celui qu'ils avaient durement peiné à tracer. En effet, les pluies en amont du fleuve lui avaient donné du volume et le niveau des eaux était déjà suffisamment élevé pour alimenter le réservoir artificiel.

Lentement mais surement, l'eau envahissait la plaine tandis que l'emplacement du village et de ses dépendances devenaient progressivement une île. Dolan aperçut Yogan et Yotasum qui contemplaient depuis la digue, eux aussi, l'avancée des eaux.

— Les choses sont-elles conformes à vos prévisions ? demanda Dolan avec de l'anxiété dans la voix.

— Oui, répondit le « magicien », mais je vous sens très nerveux …

— En effet, reconnut le Chef, je n'aime pas me voir prisonnier de cette eau qui bouillonne …

— Soyez rassuré, l'encouragea Yogan d'une voix sereine, il n'y a aucune crainte à avoir. Au contraire, le contournement par le nord des Basses Terres de cette eau sera autant qui n'ira pas grossir le cours du fleuve en aval et inonder le village.

— Et puis, si les choses n'allaient pas comme prévu, intervint Yotasum, il y a assez de radeaux pour déporter tout le monde ainsi que les animaux domestiques de l'autre côté, sur l'autre rive en face …

— Oui, peut-être, admit Dolan, mais nous serons alors à la merci de nos ennemis !

Le magicien des Basses Terres

— Nous n'avons rien à craindre, Dolan, insista Yotasum confiant, et nous sommes préparés à toutes les éventualités. Les maisons sont surélevées, les récoltes sont rentrées pour l'hiver et les animaux sont dans les étables que nous leur avons construites. Nous pouvons soutenir un siège d'une année ! désormais, nous sommes les « maîtres de l'eau » !

— Nous verrons bien ! déclara Dolan peu enthousiaste.

Le magicien des Basses Terres

Cet épisode pluvial fut long mais, pour cette fois, le village ne fut pas inondé. Aux dires de Yogan, c'était grâce à la déviation des eaux en amont qui avait permis d'éviter leur accumulation en aval. Le soleil était revenu et la vie reprenait lentement son cours normal, lorsque le tocsin se fit entendre depuis la tour de guet située au nord du village. En effet, les Nowanguis avaient réussi à construire une tour, bâtie sur de solides fondations de pierres, qui commandait l'entrée nord du village par le pont en bois qui enjambait la déviation du fleuve. Des enfants épaulés par quelques anciens se relayaient nuit et jour pour faire le guet du haut de la tour. Une cloche avait été installée pour prévenir tout mouvement suspect.

Tout le monde accourut pour voir ce qui avait déclenché l'alerte. C'était une bande de pillards à cheval, d'une quarantaine d'individus armés, qui étaient postés sur l'autre rive et qui regardaient avec perplexité ce bras du fleuve qui, à l'évidence, n'existait pas lors de leurs dernières venues. Avec la saison des pluies, cela n'était pas rare de voir arriver des hommes, généralement affamés, qui profitaient de la faiblesse des villageois durant ces intempéries pour prendre par la force tout ce qu'ils pouvaient emporter.

Dolan demanda à Yotasum de traduire la mise en garde qu'il adressait aux voleurs :

> — Je vous demande de vous enfuir, leur dit-il, sinon vous allez le payer très cher !

Au lieu de décamper, les larrons répondirent par des jurons et des insultes en tout genre. Puis, sans doute rendus courageux par la faim, ils poussèrent leurs chevaux à entrer dans l'eau froide avec la ferme conviction affichée d'attaquer le village. Le niveau de l'eau avait fortement baissé et le courant n'était pas très fort, de sorte qu'il était possible d'approcher tout près de la berge du côté des habitations. Mais, c'était à cet endroit précisément que les villageois avaient creusé un fossé profond et utilisé la terre récupérée pour ériger un remblai imposant. Devant cette protection naturelle, ils avaient construit une palissade en bois de près de trois mètres de hauteur, dans laquelle ils avaient aménagé des meurtrières, de sorte que les archers pouvaient se tenir debout sur le remblai et, abrités derrière le mur, viser leurs ennemis.

Avant même que les brigands n'aient eu le temps de traverser l'étendue d'eau, ils furent la cible d'une bonne vingtaine d'archères qui lâchèrent une volée de flèches, puis ce fut une seconde vague de projectiles de la part d'une trentaine d'autres. Cinq pillards furent atteints et tombèrent de leurs montures, emportés déjà par les flots, tandis que trois autres d'entre eux furent blessés sans pour autant être désarçonnés. Mais, cela refroidit suffisamment le reste de la troupe pour qu'ils se décident à rebrousser chemin. Du haut de la tour, dominant le théâtre des opérations, Dolan fit signe de baisser le pont et donna l'ordre à une quarantaine de cavaliers de poursuivre les survivants.

— Pourquoi s'acharner sur une poignée de pauvres malheureux ? demanda Yogan.

— Parce que ce sont ceux-là même qui nous ont déjà pillé et qu'ils méritent enfin la bonne leçon que nous n'avons pas pu leur donner jusqu'ici, répondit Dolan avec de la détermination dans la voix. et puis, je veux que l'on se sache partout que, désormais, venir piller les Basses Terres est une entreprise risquée qui peut coûter la vie !

— Et puis, je voulais te remercier, Yogan, ajouta-t-il avec émotion, car c'est grâce à toi si le peuple nowangui a retrouvé un peu de sa dignité ...

— Le peuple nowangui n'avait jamais perdu sa dignité, murmura Yogan, il avait seulement besoin d'un peu d'espoir.

— Oui, reconnut Dolan, mais cet espoir c'est toi qui le lui a fait entrevoir et personne d'autre.

— Tout ce qui arrive, c'est surtout grâce à ton peuple, assura le « magicien », moi je ne suis que l'abeille qui a butiné la fleur, mais c'est la fleur qui a fait le fruit.

Au retour des guerriers, ceux-ci rapportèrent leur combat avec les pillards. Ils avaient poursuivi les assaillants et avaient tué dix d'entre eux, les autres ayant disparu dans la nature, sans qu'aucune perte ne soit à déplorer du côté des Nowanguis. Dolan avait un large sourire lorsqu'il annonça que le repas du soir serait l'occasion d'organiser une fête en l'honneur de cette journée mémorable. La nouvelle fut accueillie avec des acclamations par les jeunes guerriers qui n'ignoraient pas que « fête » signifiait boire de la bière et du vin à volonté et chanter durant une bonne partie de la nuit.

Le magicien des Basses Terres

Quelques jours plus tard, Yogan vint rendre visite à Wirod pendant que celui-ci était en train d'enseigner l'art du tir à l'arc à une vingtaine de jeunes guerrières. Des cibles en bois étaient disposées à différentes distances pour permettre de faire évoluer la difficulté de l'exercice. Le groupe s'écarta pour laisser passer Yogan qui tenait un engin curieux dans ses mains. C'était une pièce fabriquée en bois de chêne qui ressemblait à un arc muni d'une crosse de laquelle il était solidaire.

> — Voici une arbalète ! expliqua Yogan, c'est une arme redoutable qui est semblable à un arc, mais plus puissante et plus précise, pour celles qui ont des difficultés avec l'arc traditionnel.

Wirod s'empara de l'arme et la retourna dans tous les sens sans trouver comment s'en servir, ce qui provoqua quelques sourires parmi les jeunes femmes.

> — Où as-tu trouvé cet engin ? demanda Wirod.

> — Je l'ai fabriqué avec l'aide de Tishan, le forgeron, avec les schémas et les explications que j'ai ramené d'une contrée bien éloignée d'ici, répondit Yogan.

Yogan reprit l'engin en main et sortit une flèche de son carquois. C'était une petite flèche mais d'un diamètre plus grand que celui d'une flèche d'arc traditionnel et avec une pointe métallique de taille imposante.

> — Faisons un essai ! déclara Yogan avec un sourire.

> — Un concours ? proposa Wirod en montrant les cibles.

> — Si tu veux ! accepta le « magicien ». Tu commences en premier, vise la cible la plus proche.

Le groupe des guerrières s'élargit pour laisser les deux concurrents se positionner à distance égale des cibles. Wirod visa un court instant et décocha une première flèche qui toucha le second cercle concentrique autour du centre de la cible. La deuxième flèche se plaça également dans le second cercle et la troisième se figea au milieu du premier cercle, ce qui déclencha des murmures admiratifs dans le public féminin.

Le magicien des Basses Terres

Yogan mit alors ses deux pieds sur les branches de l'arc et tendit la corde jusqu'à la mettre dans une encoche prévue pour cela. Ensuite, il plaça soigneusement la flèche dans la rainure du support rigide de l'engin et prit son temps pour viser. Il y eut un bruit sourd Lorsque le trait fut libéré et atteignit le centre du premier cercle de la cible, puis traversa le bois. Cela déclencha des cris de stupeur chez les jeunes élèves, très impressionnées par la puissance de l'arme.

Wirod lui-même était intrigué par une telle arme dont il ignorait tout et il revint voir de plus près l'arbalète.

— Comme tu peux le voir, dit Yogan, je ne suis pas un spécialiste et pourtant, la précision et la force de cette arme sont diaboliques.

— Oui, en effet, constata le jeune guerrier, je ne connaissais pas son existence et je suis effrayé par les dégâts que cela doit causer !

— Exact ! confirma Yogan, c'est une arme que les jeunes guerrières peuvent manipuler avec plus de facilité qu'un arc traditionnel, et même déclencher des tirs couchés, mais l'inconvénient est qu'elle est plus lente à réarmer. Il est donc intéressant d'avoir des archers traditionnels et quelques arbalétriers pour les tirs de précision. C'était la surprise que je voulais te faire, si cela intéresse quelques-unes, je ferai fabriquer plusieurs exemplaires par Tishan, le forgeron.

— Je pense que cela sera utile pour certaines d'entre elles, admit Wirod, et notre potentiel offensif va s'en trouver renforcé.

V - LES BOUNGARIS

Depuis que le peuple nowangui s'était mobilisé pour sa survie, les habitants vivaient en communauté et c'était devenu « une seule et grande famille », comme l'avait annoncé Yogan, pour le plus grand bonheur des adultes qui y puisaient au quotidien une force bénéfique, celui des enfants qui trouvaient cela ludique et celui des anciens qui avaient enfin leur place pleine et entière. Chacun se sentait utile à la société et le sentiment d'appartenance à cette terre, ingrate par moments mais attachante à d'autres, devenait chaque jour un peu plus fort. Qu'importe les jours difficiles, c'était leur terre ! Et ils réalisaient que chaque lieu de vie recèle son lot d'avantages et d'inconvénients.

L'illustration de cette vérité fut encore plus palpable lorsque, quelques semaines plus tard, ils virent arriver plusieurs guerriers boungaris, avec, à leur tête, Windrakar. Le petit groupe fut stoppé par l'obstacle d'eau qui interdisait désormais l'accès au village. Dolan et Yotasum, avertis, vinrent se poster au sommet de la tour et regardaient leurs voisins des Hautes Terres avec une certaine condescendance.

— Que veux-tu ? demanda Dolan.

— Mon peuple a faim ! répondit Windrakar, et je suis venu demander ton aide.

— Une aide de quelle nature ? questionna Dolan.

— Les temps sont difficiles pour mon peuple, répondit le Chef des Boungaris. Tu sais que nos terres hautes sont peu propices à la culture et les produits de la chasse et de la pêche ne sont plus suffisants. Nous avons pu tenir tant que ton peuple nous a échangé des provisions contre des pierres, mais aujourd'hui nous avons faim !

Le magicien des Basses Terres

— Je suis bien placé pour savoir que conduire un peuple peut être quelquefois une charge pesante, mais nous n'avons plus besoin de pierres à présent, déclina Dolan.

— Mais vous aurez un jour prochain besoin de nous, affirma Windrakar, lorsque la pluie vous chassera de vos maisons et quand vous demanderez asile sur nos terres. Tu ne peux pas ignorer ce fait !

— Nous verrons bien lorsque ce jour viendra, observa Dolan avec un petit sourire.

— Cela signifie-t-il que tu refuses de nous aider ? demanda Windrakar.

— Cela signifie cela oui, répondit simplement Dolan, car j'ai gardé en mémoire la façon dont tu nous as accueillis la dernière fois où nous avons eu besoin de nous refugier. Tu as abusé de la situation comme jamais aucun de tes prédécesseurs n'avait osé le faire et j'ai promis alors que je m'en souviendrai !

Il y eut une longue hésitation de la part des guerriers boungaris et un conciliabule s'instaura entre le chef et ses hommes.

— Dolan, à cause de ton entêtement, tu vas nous forcer à employer la force, déclara solennellement Windrakar. Toi et ton peuple pourrait le regretter ! j'espérais ne pas avoir à en venir à cette extrémité.

— Je ne pense pas que tu sois en position de force pour proférer des menaces, dit Dolan.

— Ce ne sont pas des menaces puisque l'armée boungari est bien plus puissante que la tienne, s'exclama Windrakar. Nous savons que tu ne disposes que de quelques guerriers jeunes et non aguerris, si tu nous obliges à employer la force, tu vas faire payer très cher ton refus à ton peuple.

Dolan éclata de rire pour montrer qu'il n'avait pas peur des menaces de son voisin.

Le magicien des Basses Terres

— Très bien ! s'écria Windrakar, puisque tu le veux, tu auras la guerre !

Et les guerriers boungaris s'éloignèrent au galop.

Le magicien des Basses Terres

Quelques heures plus tard l'armée boungari envahissait la partie ouest de la vaste plaine en direction du village. A l'avant, Windrakar, parmi un groupe de cinquante cavaliers, était en tête du convoi. Puis, suivaient les hommes à pied, une centaine de soldats, et enfin, les archers, au nombre d'une cinquantaine environ. La troupe se massa à bonne distance devant la tour de guet, à l'entrée du village. De loin, on pouvait apercevoir les drapeaux décorés aux armoiries boungari flotter dans le vent violent qui s'était levé.

Comme prévu, Windrakar fit d'abord entrer en action ses archers. Protégés par les boucliers d'une rangée d'hommes à pied, les archers s'approchèrent au maximum de la palissade qui se trouvait derrière le nouveau bras du fleuve et décochèrent leurs flèches durant un long moment, dans le but de mettre hors de combat le plus possible de guerriers ennemis. Mais, les Nowanguis avaient pris soin de rester aux abris en attendant que cesse la pluie de flèches.

Entretemps, les observateurs notèrent que le reste de la troupe des hommes à pied s'était approché en poussant des chariots sur lesquels se trouvaient des radeaux préparés pour l'attaque. A l'évidence, les Boungaris avaient remarqué la topographie des lieux qui nécessitait désormais des embarcations pour traverser le plan d'eau jusqu'au village. L'ambition des assaillants était de débarquer sur l'autre rive et de prendre d'assaut la tour de guet qui défendait le pont de bois qui était levé pour la circonstance. C'était exactement ce qu'espéraient les Nowanguis, car cela focalisait la cible sur un lieu précis plus facile à défendre.

Lorsque les embarcations furent prêtes à partir, les cavaliers avaient rejoint, à pied, les autres hommes de troupe, car pour l'heure, les chevaux étaient inutiles. Puis, entassés sur une dizaine de radeaux, l'assaut fut donné par le plus gros de la force armée des Boungaris.

C'est alors que Dolan ordonna la riposte avec trois vagues d'archers et archères qui décochèrent une pluie de flèches sur les assaillants embarqués sans autre défense que leurs boucliers. Chaque vague était constituée d'une cinquantaine d'archers qui se succédèrent ainsi durant toute la traversée des agresseurs. Puis, lorsque les ennemis furent à proximité de la rive, Dolan choisit ce moment pour ordonner

Le magicien des Basses Terres

aux arbalétrières de déverser leurs terribles traits. Avec une précision diabolique, les flèches traversaient les armures des soldats occupés à barrer leurs embarcations.

C'est à peine la moitié des soldats boungaris valides qui parvinrent enfin à débarquer sur l'autre rive, mais il fallait encore franchir les lourdes portes de bois adossées à la grande tour de guet. Toujours abrités derrière leurs remparts, les archers nowangui continuaient à déverser leur déluge de flèches meurtrières sur les survivants.

C'est ainsi que se termina l'assaut de l'armée boungari, par la reddition des quelques guerriers restants, avant même d'entrer dans le village fortifié. Juché sur le sommet de la tour, Dolan savourait sa victoire tandis que sur l'autre rive, Windrakar, défait, décidait de s'enfuir, entouré des quelques cavaliers qui n'avaient pas pris part au combat.

Vingt-cinq morts et soixante blessés d'un côté, neuf blessés légers de l'autre, tel était le terrible bilan de cette bataille, qui traduisait de manière éloquente le succès historique du peuple nowangui, ainsi que la faillite de la stratégie boungari.

Le magicien des Basses Terres

Quelques jours plus tard, Dolan reçut une délégation des voisins vaincus pour officialiser la fin de la guerre entre les deux peuples qui avaient eu, le plus souvent, des relations amicales par le passé. Ce fut Yazamok, le nouveau chef des Boungaris qui se présenta devant les notables de la tribu des vainqueurs :

— Dolan, dit-il, au nom des Boungaris, je fais acte d'allégeance aux Nowanguis et reconnais ta souveraineté. Je te prie de pardonner mon peuple pour son égarement et de ne pas lui en tenir rigueur.

— Il n'y a jamais eu de véritable animosité entre nos deux peuples, Yazamok, déclara Dolan, et je suis peiné d'avoir dû infliger de si lourdes pertes à ton peuple. Je tiens Windrakar pour principal responsable de cette tragédie et je souhaite que nos relations redeviennent comme elles l'étaient jadis, mais Windrakar doit être sévèrement puni !

— Il l'a déjà été, répondit Yazamok, puisqu'il a été destitué et banni du peuple boungari qui m'a confié la conduite de sa destinée !

— Voilà qui va augurer d'une nouvelle ère entre nos deux peuples, affirma Dolan, et pour sceller notre amitié retrouvée, les guerriers prisonniers vous seront rendus sains et saufs et nous vous offrirons une partie de nos réserves de céréales pour venir en aide aux plus faibles de ton peuple.

— Ta générosité est grande Dolan et sois en amplement remercié, reconnut Yazamok en s'inclinant. Elle t'honore et elle est digne d'un grand chef de tribu. Nous sommes redevables de ta clémence et tant que je serai le guide des Boungaris il n'y aura aucun nuage entre nos deux communautés.

— Soyons en paix, dit Dolan.

Les deux hommes se serrèrent la main dans un geste symbolique qui scellait la nouvelle amitié entre les deux tribus.

— La rumeur qui court dans les Hautes Terres prétend que tu es conseillé par un sorcier qui a transformé le moral de ton peuple, allégua Yazamok, est-ce exact ?

Le magicien des Basses Terres

— Tu sais bien ce que valent les rumeurs, Yazamok, répondit Dolan. Sache que je ne suis conseillé par aucun sorcier et que les ressources d'un peuple sont infinies, à condition de savoir les révéler.

Lorsque les Boungaris furent repartis en direction des Hautes Terres, Yotasum et Yogan vinrent féliciter Dolan pour son geste magnanime.

— Tu as été d'une grande bonté, Dolan, reconnut Yotasum, aussi loin que remontent mes souvenirs, nos deux peuples ont toujours été dans une logique d'entraide. J'applaudis des deux mains à ce que tu as fait !

— Merci Yotasum, nos destinées sont en effet liées depuis toujours avec celles de nos voisins des Hautes Terres, répondit Dolan. Sans ce perfide et prétentieux Windrakar, les choses n'auraient pas tourné au drame, nous aurions aidé nos frères boungaris comme il se doit, en retour de leur accueil bienveillant lors de notre exode. Mais il n'en pas été ainsi !

— Oui, Dolan, ajouta Yogan, ton geste charitable est, non seulement, la marque d'une grande bonté, mais aussi celle d'un visionnaire qui anticipe les évolutions de son peuple …

— Tu parles sérieusement ? demanda Dolan avec un sourire.

— Mais oui, bien sûr, expliqua le « magicien », tu as raison de préserver un climat de bonnes relations avec tes voisins du nord et de l'ouest, parce que le jour viendra où ton peuple sera à l'étroit dans ce coin des Basses Terres, tant le nombre aura grossi, et il devra s'accommoder de vivre en bonne intelligence à proximité des autres tribus.

— Crois-tu que ce jour soit proche ? demanda Dolan.

— Plus proche que tu ne le penses, répondit Yogan, et tu dois déjà y songer, notamment en occupant la plaine des Basses Terres, bien au-delà de la partie qui est sur cette rive. Cet espace deviendra très vite d'une importance stratégique pour l'expansion des Nowanguis !

Le magicien des Basses Terres

Dolan ne dit plus rien, puis, après avoir jeté un regard appuyé à Yotasum, il se tourna vers la grande plaine qui s'étendait, à perte de vue, jusqu'aux montagnes du nord et de l'ouest.

VI -   KOTHA-YOGAN

Après l'épisode tragique de la guerre éclair entre les deux voisins, de nombreux visiteurs se pressaient pour voir à quoi ressemblait ce peuple qui s'annonçait comme le plus influent de la région. Les curieux accoururent depuis tous les coins de la province aussi bien pour apprécier les forces que pour admirer le détournement d'un bras du fleuve. De nombreuses rumeurs alimentaient les conversations des populations alentour. On disait que le Dieu du fleuve habitait désormais les Basses Terres et l'on murmurait qu'un sorcier avait attiré les bonnes grâces divines.

Plusieurs familles de bergers, nomades et isolées, vivant sur les hauts plateaux, demandèrent à être rattachées au peuple nowangui. Quelques Boungaris proposèrent également de rejoindre leurs voisins et de s'installer sur les Basses Terres. Il y avait une dynamique positive et une attirance manifeste en faveur des vainqueurs.

La cité des Nowanguis devint alors si célèbre qu'il fut décidé de lui donner un nom. Dolan réunit le Conseil pour en débattre. Il prit la parole dans la grande hutte, comme à l'habitude, devant Tananawan, la « Mama », Wirod le jeune guerrier, Yotasum le « maître du feu », Tishan le forgeron, Yogan le « magicien » et quelques anciens de la tribu.

— Vous n'ignorez pas, dit-il, que notre cité est très appréciée depuis notre victoire sur les Boungaris, à tel point que nous avons enregistré de nombreuses demandes pour venir rejoindre notre peuple. Il est donc grand temps que ce lieu des Basses Terres, symbole du succès, porte un nom qui permette de l'identifier sans ambiguïté. Et j'ai une proposition à vous faire …

Dolan observa un court silence pour laisser le suspense s'installer.

Le magicien des Basses Terres

> — Personne n'ignore que si notre renommée est devenue aussi grande, dit-il, c'est grâce à notre ami Yogan. La cité, dans notre dialecte ancien se disait « kotha », alors, pour rendre un hommage légitime aux deux, je propose de baptiser notre village « Kotha-Yogan », la « cité de Yogan » ou la « cité du magicien » …

Il y eut aussitôt un murmure d'approbation parmi les membres du conseil, chacun semblant se satisfaire de la proposition de Dolan. Puis, ce fut Tananawan qui prit la parole :

> — Je crois qu'il est temps, dit-elle, que nous reconnaissions toute la gratitude que nous devons à cet homme, humble, gentil et érudit, qui s'est dévoué entièrement pour notre cause. Grand merci Yogan !

> — On ne peut qu'approuver cet hommage qui est amplement justifié, dit simplement Yotasum.

> — Bravo pour ce que tu as fait pour nous, ami ! déclara Tishan, le forgeron.

Ensuite, Wirod s'avança vers le « magicien », la main tendue.

> — Yogan, dit-il à son tour, je fais amende honorable devant tout le monde, car j'ai été l'un de tes pires détracteurs et aujourd'hui, je voudrais que tu acceptes mon amitié. Si j'ai été l'un des plus sceptiques sur ta façon de voir les choses, je dois reconnaître que tu avais raison et que ton intelligence vaut bien plus que l'ardeur aveugle de nombreux guerriers.

Yogan serra fortement la main du jeune guerrier et, visiblement touché par ces marques d'affection, prononça quelques mots :

> — Merci mes amis, dit-il, je suis venu ici sans nom, puisque mon tuteur, le shaman, ne m'avait pas dénommé, et je vais en repartir, non seulement baptisé, mais aussi avec la fierté de voir ce lieu symbolique qui va porter mon patronyme. Soyez-en remerciés, mes amis, j'ai trouvé ici l'affection et la gratitude que peu de communautés sont capables de donner. Je souhaite un grand avenir à votre cité !

Le magicien des Basses Terres

— Nous espérons tous que tu resteras encore longtemps avec nous, conclut Dolan, parce que tu as beaucoup d'autres choses à nous apprendre, j'en suis persuadé …

Le magicien des Basses Terres

Les échanges commerciaux entre les populations de cette contrée se développèrent comme jamais cela n'avait été le cas jusque-là et les liens entre elles semblaient se resserrer au point de gommer les rivalités tribales ancestrales. En effet, chaque jour de nouvelle lune, un marché immense se tenait dans la grande plaine au nord de "Kotha-Yogan". Les différentes tribus venaient vendre et échanger leurs productions ou bien le fruit de leurs récoltes. Les paysans nowangui vendaient leur blé, leur maïs, leurs fruits ou bien les produits issus de l'élevage des animaux domestiques. Les Boungaris vendaient leurs armes ou bien le gibier qu'ils avaient chassé. Les Timanaks vendaient leur laine et les étoffes qu'ils avaient tissées, tandis que les Kawanabis apportaient les bijoux qu'ils avaient taillés ainsi que les pierres précieuses de toutes natures qu'ils avaient trouvées dans les Hautes Terres de l'ouest.

Toutes les tribus de la région sud du royaume de Jadhésie décidèrent alors de se rencontrer et de signer un pacte de non-agression dans le but d'accélérer les échanges commerciaux. Le lieu de la réunion fut choisi à l'endroit même où le marché avait pris l'habitude de se tenir. Un immense camp fut installé durant plusieurs jours et les différents chefs de tribus purent ainsi confronter leurs points de vue, chose qui n'avait jamais été possible auparavant.

C'est ainsi que Dolan, représentant les Nowanguis, Yazamok les Boungaris, Waitang les Timanaks et Kolchan les Kawanabis, avec tous leurs hommes de confiance, prirent place dans une grande tente érigée au milieu des Basses Terres. Comme il n'y avait pas de préséance établie entre eux, il fut décidé que Dolan, le plus âgé, prendrait la parole en premier.

> — Je suis très honoré, dit-il, d'ouvrir cette séance et j'espère que nous inaugurons aujourd'hui une ère de paix durable entre nos peuples afin de consacrer désormais nos efforts aux échanges commerciaux et culturels plutôt qu'aux luttes tribales. Nous sommes tous conscients, je pense, que notre intérêt est de nous unir, nous, les habitants de cette province éloignée de la capitale, qui sommes soumis aux diverses agressions des pillards barbares, des ennemis du royaume qui transitent par cette

contrée, ou bien tout simplement aux affres du mauvais temps. En tout cas, sachez que, pour ma part, je suis favorable à ce que nous puissions vivre en bons termes et faire front ensemble à d'éventuelles épreuves.

— Voilà des paroles qui t'honorent, Dolan, enchaîna Yazamok le suivant dans la hiérarchie de l'âge, car ton peuple a fait montre déjà d'une grande maîtrise face aux éléments naturels qui s'acharnaient sur lui. Il a également démontré une grande force militaire au détriment des miens, ce qui place ton armée au premier rang parmi nous tous. Tu pourrais sans doute prétendre à régner sans partage sur cette région et nous imposer tes volontés, alors, je salue ton désir de coopérer en paix avec nos peuples.

— Il est vrai que les Nowanguis sont un exemple pour nous tous, reprit à son tour Waitang. Vous avez réussi à maîtriser les eaux du fleuve Anahrog et à fortifier votre cité, "Kotha-Yogan", la mettant hors de portée des pillages et des agressions auxquels nous sommes tous confrontés. Il parait que vous disposez désormais d'une arme terrifiante qui détruit vos ennemis en les disloquant et qui fait de votre armée la plus puissante de la contrée. Ce modèle que vous représentez pour nous, nous sommes prêts à l'adopter, sauf si vous ne le souhaitez pas, bien sûr.

— On dit aussi, Dolan, ajouta Kolchan, que tu as réussi à faire de tes guerriers d'excellents maçons, de tes jeunes femmes de terribles guerrières et de tes anciens des cuisiniers émérites. Est-ce cela le secret de ta réussite ?

Dolan esquissa un petit sourire avant de répondre :

— Ce qui a permis la réussite de mon peuple, dit-il, c'est l'envie d'atteindre ensemble un but commun, noble et valorisant. Durant des lustres, notre tribu a subi la loi des éléments naturels, sans avoir ni l'imagination ni la confiance pour oser l'idée simple de rehausser le sol de nos maisons. Nos ancêtres ne l'avaient pas envisagé et nous ne l'aurions sans doute pas fait, non plus, sans le conseil éclairé d'un étranger dont l'esprit n'était pas prisonnier de nos traditions ancestrales. C'est lui qui a aussi suggéré de détourner les eaux du fleuve pour en faire un rempart naturel. C'était une façon de transformer nos faiblesses en forces, c'est ce qu'il a dit …

— Mais qui est cet homme ? demanda Kolchan.

— Cet homme n'est pas ici aujourd'hui, répondit Dolan. Nous l'appelons Yogan, Yogan le « magicien » … et je crois qu'il n'a pas fini de nous surprendre. Pour l'heure, comme je vous l'ai déjà proposé, je vous invite à nous rassembler car nous serons plus forts face aux menaces qui vont se présenter à nous.

— Oui, confirma Yazamok, les menaces ne manquent pas. Ces derniers jours, nous avons remarqué des mouvements de cavaliers provenant du sud-ouest …

— Du « défilé des sables » ? questionna Dolan.

— Oui, répondit Yazamok, c'est d'ailleurs la seule voie possible en venant du sud-ouest.

— Des pillards ? demanda Waitang.

— Non, observa Yazamok, cela semblait plutôt des éclaireurs d'une armée régulière, avec des costumes de guerre. D'ailleurs, ils sont venus, puis ils ont disparu. Des pillards auraient déjà attaqué …

— A l'ouest se trouvent les wissiniens, remarqua Dolan. Ce sont de redoutables guerriers qui ont déjà tenté d'envahi le pays en passant précisément par notre région pour atteindre Djamabad, la capitale. S'ils s'apprêtent à nouveau à conquérir la Jadhésie, nous allons être en première ligne !

Dolan se plaça au milieu de l'attroupement et traça sur le sol un quadrilatère avec son épée.

— Voilà notre territoire, dit-il en montrant le rectangle, l'est et le sud sont bornés par le fleuve Anahrog, les Hautes Terres sont au nord et à l'ouest, les Basses Terres au centre. Depuis l'ouest, les deux seules voies d'accès sont, au sud, le « défilé des sables »,

Le magicien des Basses Terres

sur le territoire des Boungaris, et au nord, la « porte du Ponant », sur celui des Kawanabis. La seule façon de sortir des Basses Terres pour aller en direction de la capitale, c'est prendre la direction du nord-est et emprunter la « passe de la mort », sur les terres des Timanaks. En nous unissant, nous pouvons contrôler toutes les issues …

Tous les chefs de guerre écoutaient Dolan avec attention, car ils réalisaient que leur destin était peut-être en train de se jouer dans les prochains jours.

— Le royaume de Wissinie se trouve derrière les Hautes Terres de l'ouest, après un grand désert à traverser, et s'ils ont décidé d'envahir le royaume, ils vont forcément passer par ici.

— Serons-nous assez forts pour les arrêter ? demanda Yazamok.

— Non, assura Dolan, une armée qui ambitionne de prendre le pays est trop puissante pour que nous puissions rivaliser. Elle dispose, en général, d'armes lourdes telles que des scorpions, des balistes et autres catapultes, et, face à elles, nos arbalètes ne sont que des aiguillons sans importance. C'est le rôle de l'armée royale que de livrer bataille pour défendre la capitale, pas le nôtre !

— Mais que ferons-nous lorsqu'ils seront ici ? s'enquit Waitang.

— Il est probable qu'ils ne feront que passer, observa Dolan.

— Et s'ils décident de s'arrêter ? questionna Kolchan. Une armée nécessite une logistique importante et a de gros besoins en matière de ravitaillement, n'est-ce pas ? alors, il est fort possible qu'ils se servent au passage sur le dos de nos populations, non ?

— Oui, admit Dolan à regret, c'est fort possible en effet. Mais, dans ce cas-là, c'est mon peuple, les Nowanguis, qui sera plus particulièrement visé, car notre cité est à portée de flèche de leur route et nos récoltes sont visibles. Il est peu probable qu'ils aillent s'égarer dans les montagnes pour piller vos villages … sauf si …

— Sauf si quoi, interrogea Kolchan, le regard inquiet.

— Sauf si nous les mettons en situation d'échec ! déclara Dolan.

— Tu parles sérieusement ? intervint Yazamok.

— Ai-je l'air de plaisanter ? remarqua Dolan.

— Tu as donc déjà imaginé un moyen pour contrarier leurs plans ? demanda Waitang.

— Non, pas moi ! répliqua Dolan en se levant pour quitter la réunion avec un large sourire. Mais je suis sûr que Yogan saura comment faire !

— Et nous ? que devrons-nous faire dans cette éventualité ? questionna Kolchan.

— Oui, renchérit Waitang, comment allons-nous pouvoir défendre nos villages ?

— Je vous convie à nous revoir, dans une lune, ici-même, et nous déciderons ensemble de la stratégie, affirma Dolan avant de monter en selle et de disparaître avec ses lieutenants.

Le magicien des Basses Terres

VII -   LES TIMANAKS

C'était jour de marché et tous les commerçants avaient installé leurs étals dans la grande plaine des Basses Terres. Yogan aimait bien se promener dans les allées colorées et bruyantes surgies de nulle part, écoutant les boniments des vendeurs pour le négoce ou bien les lamentations des acheteurs. Cette manifestation mensuelle était devenue le véritable symbole du renouveau des relations entre les peuples de la région, trop souvent émaillées d'épisodes sanglants. Le dynamisme des acteurs locaux était source de prospérité pour l'ensemble des populations car chacun y trouvait son compte.

En passant tout près d'une tente, Yogan entendit une voix qu'il crut reconnaitre. Il tendit l'oreille et écouta la conversation.

— Dois-je crois comprendre, dit l'homme, que tes sentiments pour moi seront présents uniquement si je me décide à prendre le pouvoir de ma tribu ?

— Je veux assurer le meilleur avenir à mes enfants, répondit la femme. Je suis la seule dépositaire du destin des Kawanabis puisque Kolchan, mon père, n'a pas d'autre descendance que moi. C'est l'occasion unique d'unir les chances de nos deux tribus …

— Ton ambition étouffe tes sentiments Chabiza, déclara l'homme. D'autant plus qu'il n'y a aucune certitude que je puisse dérober l'Epée des Anciens à Dolan. C'est un homme encore très robuste que l'âge n'a pas affaibli. Et donc, même si j'acceptais ce que tu suggères, il reste quelques chances que j'échoue dans mon entreprise. Et dans ce cas, tu te tourneras vers le prochain sur ta liste des prétendants pouvant donner la meilleure destinée à tes enfants, n'est-ce pas ?

Le magicien des Basses Terres

— Oui, bien sûr, assura la femme, car je ne suis pas prête à faire des enfants avec un père incapable de relever le premier défi qui décide de leur bonheur.

— Bien sûr, répliqua l'homme, mais, au fond, là n'est pas la question. En réalité, je ne souhaite en aucun cas me faire dicter ma conduite par une intrigante qui fait passer ses désirs personnels avant même l'intérêt général de son peuple. Je redoute l'avenir pour le peuple timanak avec à sa tête une femme aussi dédaigneuse des affaires du cœur …

— Tu n'as donc aucune ambition ? interrompit la femme sur un ton méprisant, je ne cherche pas à satisfaire mes désirs personnels, seulement la meilleure destinée pour mes enfants.

— Je serai peut-être un jour le chef des Nowanguis, dit l'homme, mais cela viendra naturellement, en son temps, et ce n'est certainement pas encore le moment. Et comme je ne suis pas un homme assez ambitieux pour céder à tes sirènes, je crois qu'il est bien mieux d'en rester là !

Yogan vit alors une jeune femme sortir en trombe de la tente, d'un pas décidé, qui, d'un bond, monta en selle et poussa aussitôt son cheval au galop. Puis, quelques instants plus tard, Wirod apparût, calme, mais le visage défait. Il marqua sa surprise et s'approcha du « magicien ».

— Wirod, j'ai entendu involontairement la fin de ta conversation avec cette femme, dit Yogan, et je te félicite pour ta lucidité à l'égard de tes ambitions. La période est encore agitée pour les Nowanguis et ils ont besoin de stabilité. Tenter de prendre l'Epée des Anciens maintenant serait sans doute une maladresse avec de graves conséquences sur la destinée de ton peule. Ton jour viendra, tu auras ta chance …

— Oui, dit Wirod, la priorité d'aujourd'hui n'est pas de mettre Dolan en difficulté. Il a montré ses compétences et moi je dois acquérir encore de l'expérience. Chabiza, la fille de Kolchan, est à la recherche du meilleur géniteur pour ses enfants et rien d'autre … je me suis mépris sur ses intentions, mais je m'en remettrai !

Le magicien des Basses Terres

Quelques jours plus tard, le tocsin se fit entendre du haut de la tour de guet de "Kotha-Yogan". Comme chaque fois, de nombreux villageois s'approchèrent pour savoir ce qui avait motivé l'alerte. Cinq cavaliers se profilaient à l'horizon de la grande plaine des Basses Terres et se dirigeaient vers les habitations à bride abattue. C'était la saison sèche et ils soulevaient un nuage de poussière balayé aussitôt par le vent violent. Derrière eux, on pouvait distinguer un nuage de poussière encore plus important provoqué par un groupe de poursuivants d'une vingtaine de cavaliers.

Dolan arriva rapidement jusqu'à la palissade qui entourait les alentours le village au même moment où les premiers hommes à cheval se présentaient face à la tour, sur l'autre rive du bras du fleuve. Il s'agissait de très jeunes guerriers timanaks, reconnaissables à leurs armoiries, et l'on pouvait lire l'épouvante sur leurs visages.

— Que voulez-vous ? demanda Dolan.

— Nous sommes des Timanaks, dit l'un d'eux, et nous sommes poursuivis par des hommes de l'armée royale.

— Pour quelles raisons ? questionna Dolan.

— Ils ont envahi notre village des Hautes Terres, répondit l'homme, ils ont volé nos familles, violé les épouses et les filles, et ils veulent nous enrôler de force dans leur troupe ...

— Faites-les entrer ! ordonna Dolan, et donnez-leur à boire.

Aussitôt, le pont de bois se baissa pour relier les deux rives et les cavaliers purent entrer dans l'espace protégé des Nowanguis. Quelques instants plus tard, l'autre groupe de cavaliers était devant le pont de bois qui s'était levé entre-temps. C'était, en effet, des soldats en uniforme orangé de l'armée royale. L'un d'eux portait d'ailleurs un étendard aux armoiries du royaume. Celui qui les conduisait était un homme plutôt jeune, avec un visage ingrat, en partie caché derrière une barbe fournie.

— Je suis le commandant Takagan Sokawak, dit-il d'une voix solennelle, du 3ième bataillon de cavalerie de l'armée de Jadhésie, et je vous ordonne de me livrer les criminels qui viennent d'entrer dans votre village !

Dolan était monté sur le sommet de la tour de guet et s'adressa au commandant :

— Je suis Dolan, dit-il, chef de la tribu des Nowanguis. Pourquoi voulez-vous ces jeunes guerriers ? qu'ont-ils fait ?

— Je n'ai pas à te répondre, répliqua le militaire, je représente ici l'autorité du Roi et tu dois exécuter les ordres que je donne. Pour la dernière fois, livre-moi ces hommes ou bien laisse-moi passer !

— On n'entre dans mon village seulement si j'en ai envie, dit tranquillement Dolan, et non pas par la force.

— Tu n'as pas le droit de m'interdire le passage, poursuivit le commandant vert de rage, aucune partie du territoire ne peut rester hors du contrôle du roi et de son armée. Ce que tu fais est illégal et est passible de la peine capitale !

— Ces jeunes gens disent que tes hommes ont volé et violé leurs familles, observa Dolan, et que tu veux les enrôler de force dans ton armée, est-ce exact ?

— Une fois de plus, je n'ai pas d'explications à te donner, répéta Takagan Sokawak, l'air excédé. Je suis seul juge de la justice dans cette partie du royaume et je te conseille de faire ce que je te dis, sinon, toi et les tiens allez le regretter amèrement !

— Si ce que disent ces guerriers est vrai, insista Dolan, c'est plutôt toi qui devrait relever de la justice royale. Je ne te livrerai pas ces jeunes parce que, d'une part, je veux connaître d'abord la vérité sur les actes qu'ils dénoncent, et d'autre part, parce que nous avons, nous, les tribus de la région, un pacte d'alliance qui me l'interdit ...

— Tu es fou, Dolan ! s'écria alors le commandant, tu ne sais pas à quoi tu exposes ta cité. Je reviendrai pour raser ton village et exterminer ton peuple ! tu l'auras voulu !

Le magicien des Basses Terres

Puis, d'un geste brusque, le militaire enjoignit à sa troupe de faire demi-tour.

Le magicien des Basses Terres

Dans la foulée, Dolan convoqua son Conseil pour évaluer la situation nouvelle. Une fois tout le monde mis au courant, ce fut Yotasum qui ouvrit les débats :

— Savons-nous l'importance de ces troupes royales dans la région ? demanda-t-il.

— Non, répondit Dolan, d'ailleurs nous ignorions jusqu'à leur existence avant que cet incident n'arrive.

— C'est sans doute que le royaume soupçonne la Wissinie de masser des troupes à la frontière qui a provoqué leur arrivée ici, suggéra Dolan, afin d'évaluer les risques d'une invasion. Mais, cela n'est qu'une hypothèse de ma part. A ma connaissance, il est très rare de voir des soldats du régime par ici, si loin de la capitale.

— Nous avons pu vérifier ce que les jeunes guerriers prétendent, dit Wirod, il y a bien eu des abus de la part de ces troupes dans un village timanak à une journée d'ici. Le comportement de ces hommes est inadmissible, mais ils représentent l'autorité du Roi et se croient tout permis.

— Que pouvions-nous faire d'autre ? se demanda Dolan.

— J'en aurais fait de même ! déclara le jeune Wirod avec assurance, comme si son statut de prétendant à la chefferie lui donnait une compétence particulière pour apprécier la décision de Dolan.

— Je crois, moi aussi, que tu as fait la seule chose qui s'imposait, renchérit Tishan. On ne peut tolérer de tels agissements dans nos territoires. Et puis, nous devons préserver le bon climat qui règne avec les tribus voisines, les choses ont changé depuis que nous sommes en paix.

— Oui, approuva Tananawan, nous ne pouvons accepter que ces trublions viennent altérer le renouveau de cette région, car, pour la première fois depuis des lustres, nous voyons grandir la prospérité de nos peuples dans des relations apaisées.

Le magicien des Basses Terres

— Certes, oui, Dolan a eu raison, observa Yotasum, mais à présent, il va falloir faire face à une troupe d'hommes bien entraînés, ce qui ne va pas être simple, n'est-ce pas ?

— Non, en effet, répondit Dolan, notre seule chance est de faire front tous ensemble, avec les guerriers des tribus alliées.

— Sans doute, reconnu Yotasum, mais comment faire pour constituer une armée avec des forces disparates et réparties sur toute la contrée ?

Il y eut un instant de silence tandis que toute l'assemblée semblait plongée dans ses pensées pour résoudre la question posée. Puis, soudain, Yotasum reprit la parole :

— Yogan, tu n'aurais pas une petite idée toi ? demanda-t-il.

Le « magicien », qui n'avait encore rien dit, leva les yeux en direction du « maître du feu », et répondit calmement :

— Il suffit peut-être, là également, de transformer les faiblesses en forces, dit-il de sa voix tranquille.

Tous les membres de l'assemblée se regardaient avec un air interrogatif, ne sachant comment interpréter les propos de Yogan.

— Que veux-tu dire ? finit par questionner Dolan.

— Yotasum vient à l'instant de donner la clé, expliqua Yogan, « des forces disparates et réparties sur toute la contrée » a-t-il dit, mais c'est exactement ce que je redouterais si j'étais à la tête d'une troupe qui doive faire face à un ennemi multiple et insaisissable …

Ils se regardaient tous, l'air ahuri, comme s'ils avaient du mal à reconnaître que les propos du « magicien » ne manquaient pas de pertinence. Ils étaient partagés entre le désir d'applaudir l'idée pour sa simplicité stratégique et la peur d'envisager d'affronter un adversaire en ordre dispersé, ce qui n'était visiblement pas la culture guerrière de ces tribus.

— Une fois de plus Yogan a raison ! s'exclama Wirod. Il faut multiplier les attaques rapides et imprévisibles, en se contentant de harceler les soldats ennemis puis en se dérobant, n'est-ce pas Yogan ?

— Oui, absolument, confirma le « magicien ». C'est le principe de la guerre larvée appelée quelquefois « guérilla », sans avoir besoin de livrer un vrai combat, tout en infligeant des pertes en petit nombre mais fréquentes. C'est le meilleur moyen d'atteindre le moral des opposants.

— Mais, pour cela il faut l'accord et la complicité des autres tribus, constata Yotasum, alors, il n'y a pas une minute à perdre, il faut faire passer le message à nos alliés.

Le magicien des Basses Terres

Le troisième jour qui suivit l'incident avec l'armée royale, le tocsin de la cité sonna violemment et tous furent persuadés qu'il s'agissait de l'alerte concernant la venue du commandant et de ses troupes. En effet, une partie de la plaine des Basses Terres était envahie par une colonne de fantassins, précédés d'une troupe imposante de cavaliers et escortés par un groupe d'archers.

Rapidement, Dolan, du haut de la tour de guet, évalua à environ deux cent cinquante soldats le bataillon qui se dirigeait vers la cité. Les Nowanguis avaient déjà anticipé la manœuvre et chacun était prêt à jouer le rôle qui lui avait été assigné, en fonction des consignes de Dolan. En un premier temps, il fallait se cacher derrière des abris contre les jets de flèches qui entameraient les hostilités, selon un scenario qui ne manquait pas de se répéter invariablement.

Effectivement, l'armée ennemie positionna ses archers face aux remparts de la cité et, abrités derrière de grands boucliers de bois, ils déversèrent une avalanche de projectiles sur les guerriers nowanguis. Plusieurs archères du village, protégées par les murs des maisons, se livraient à une récupération des flèches ennemies en remplissant leurs carquois de traits de bien meilleure qualité. Il s'agissait là d'un exercice dangereux, mais la fréquence des tirs étant toujours la même, il était possible de procéder au ramassage pour ensuite courir se cacher.

Alors que les archers de l'armée royale inondaient la cité de leurs flèches, une petite troupe d'archers boungaris à cheval déboula par le sud-ouest et décocha, à son tour, une pluie de traits sur l'arrière garde de la troupe des assaillants, puis disparut aussi vite qu'elle était venue.

Ensuite, un groupe de fantassins de l'armée royale s'approcha du bras du fleuve en poussant des chariots transportant des radeaux de fortune nécessaires au franchissement de l'obstacle d'eau. C'est alors qu'une trentaine d'arbalétrières, sur ordre de Dolan, s'approcha derrière les remparts et, à travers les meurtrières, se mit à harceler les soldats occupés à mettre les radeaux de bois à l'eau. Les pertes furent nombreuses et pour couronner le tout, un groupe d'archers timanak à cheval, venu du nord celui-ci, lâcha une nouvelle pluie de flèches puis disparut, ajoutant ainsi du désordre à la manœuvre.

Le magicien des Basses Terres

Finalement, plus de cent cinquante soldats, embarqués sur les radeaux et camouflés derrière des abris en bois, poussaient leurs embarcations avec des perches pour se diriger vers la tour et ses fortifications. Au signal de Dolan, ce fut une centaine d'archers et archères qui se mirent à tirer des projectiles vers les assaillants. Certaines flèches étaient garnies d'étoupes enflammées qui avaient pour but de mettre le feu et d'ajouter à la confusion durant la phase de débarquement. Dans le même temps, les guerriers boungaris et timanaks resurgirent pour attaquer l'arrière garde, toujours sans livrer combat, uniquement en lançant des traits sur les hommes restés sur la rive opposée.

Ne sachant plus où donner de la tête, l'armée royale fut défaite, à la fois pour la partie qui avait enfin réussir à franchir le fleuve, mais butait sur les remparts défendus par des arbalétrières et pour ceux qui attendaient de pouvoir intervenir, balayés par des hordes de guerriers fuyants dont la principale qualité était de bouger sans cesse. Le point d'arrêt final survint brusquement lorsque le bruit couru que le commandant Takagan Sokawak avait été tué lors de l'assaut. L'un de ses lieutenants donna alors ordre de battre en retraite puis de se rendre.

Le bilan de la bataille de Kotha-Yogan fit état de quarante-six morts et soixante-dix blessés parmi les soldats du royaume, contre seulement trois morts et dix-huit blessés parmi les tribus alliées. Le reste de l'armée royale établit son campement au milieu de la plaine des Basses Terres pour panser ses blessés et enterrer ses morts. Dolan fit œuvre de charité en faisant ravitailler la troupe défaite et en lui permettant de s'organiser pour rentrer dans sa garnison située à quatre jours de marche.

VIII -   L'ALLIANCE SACRÉE

Une lune était passée depuis la dernière réunion des chefs de tribus et ils se retrouvaient, à nouveau, en marge du grand marché. Entre-temps, de manière totalement imprévue, avait eu lieu l'affrontement avec l'armée royale et tous les peuples avaient pu voir que leur union n'était plus une utopie, mais bien au contraire, une réalité dont l'efficacité avait été redoutable.

La grande tente, qui avait été dressée dans la plaine des Basses Terres, accueillait les chefs de tribus et leurs lieutenants pour une rencontre qui promettait d'être apaisée. Cette fois, la préséance s'imposait d'elle-même et Dolan prit la parole devant ses pairs :

— Bien des choses se sont passées depuis notre dernière entrevue, dit-il, puisque, pour la première fois de notre longue histoire, nous avons montré qu'une union avait plus de vertus que tous nos conflits. Il y a encore peu de temps, nous aurions livré les jeunes timanaks poursuivis par les soldats et nous aurions ignoré leurs maltraitances sur votre village éloigné dans les montagnes. Nous l'aurions fait par crainte des représailles, mais aussi parce que le sort des autres tribus ne nous importait peu. Aujourd'hui, notre pacte a été scellé et désormais, l'entraide entre nos peuples sera essentielle lors des événements graves.

— Nous te sommes tous redevables, Dolan, déclara Waitang, le chef des Timanaks, et plus particulièrement mon peuple qui a été agressé par ces soldats perfides. Faire face à cette troupe aguerrie pour une cause qui n'est pas la tienne montre que ta parole, une fois donnée, a de la valeur. Désormais, tant que je serai le guide des Timanaks, mon peuple sera d'une loyauté irréprochable envers toi et les tiens.

Le magicien des Basses Terres

— Nous sommes tous admiratifs de ce que tu as fait, Dolan, enchaîna Kolchan, le chef des Kawanabis. Nous devons reconnaître que tu as réussi à faire de ton peuple une force invulnérable, qui peut rivaliser avec une armée de métier, alors que, de tout temps, la réputation vous rabaissait à être des paysans poltrons, au contraire de nos tribus supposées être de féroces guerriers. Mais aujourd'hui, c'est nous qui sommes demandeurs de ta protection.

— Je suis d'accord avec tout ce qui a été dit, intervint Yazamok, le chef des Boungaris. Aucun de nous n'aurait pu amener son peuple au plus haut de la notoriété comme tu l'as fait et tu n'as pas profité de ta force pour asservir nos peuples sous ton joug. Au contraire, tu nous as invités à partager la prospérité dans une contrée apaisée.

— Merci mes amis, répondit Dolan visiblement ému par tant d'éloges sur sa conduite du peuple nowangui, mais le mérite revient en grande partie à Yogan, ce personnage étrange qui a toujours une solution à tout, même lorsque la situation paraît désespérée. D'ailleurs, il est venu avec moi aujourd'hui …

Tout le monde dans l'assemblée se mit alors à dévisager les hommes qui entouraient Dolan, essayant de deviner lequel était cet inconnu dont la réputation avait précédé la venue. Cela n'était sans doute pas ce jeune guerrier à l'allure fière, ni cet homme d'âge mûr qui était déjà présent la fois dernière. Alors était-ce colosse barbu, aux bras musclés avec une tenue débrayée, ou bien cet individu, portant une pèlerine noire sous une capuche qui cachait une partie de son visage ?

— Yazamok, tu as parlé de « contrée apaisée », poursuivit Dolan, et c'est bien la question qui se pose à présent. Certes, les guerres tribales et ancestrales entre nous sont probablement écartées pour un temps, mais que va-t-il advenir après que nous ayons défait ce corps d'armée des troupes royales ? croyez-vous que le royaume va rester sans réagir ? personnellement, je ne le crois pas !

Le magicien des Basses Terres

— Mais nous ne pouvions pas laisser ces vauriens nous piller, violer nos femmes, forcer nos jeunes à la conscription dans leur armée, et tout cela sans nous défendre ! s'exclama Yazamok outré.

— Certainement pas ! confirma Dolan d'une voix ferme, mais cet événement malheureux va sans doute déclencher un épisode de tension extrême avec le régime de Jadhésie, et nous ignorons quelle suite il entend donner à cela.

— Sans aucun doute, dit Yazamok, et comme nous observons des mouvements de troupe de l'autre côté de la frontière tandis que nous voyons de plus en plus de soldats sillonner les abords des Hautes Terres, nous risquons d'être envahis par deux agresseurs !

— Nous avons même dû chasser deux éclaireurs qui tentaient de voler des poules dans un de nos villages, tant ils étaient affamés, ajouta Kolchan.

— Et toi, qu'en penses-tu Yogan ? questionna Dolan.

A cet instant, l'homme à la capuche fit un pas en avant dans la lumière et leva la tête. Tous purent alors apercevoir son regard d'aigle, son teint mat et ses traits régulier, sans pour autant qu'il leur soit aisé de lui attribuer un âge.

— Un souverain soucieux de conserver un minimum de crédit auprès de sa population ne restera pas sans réponse brutale, dit-il.

— Que proposes-tu alors ? demanda Yazamok.

— Je pense que le mieux à faire est de tenter de désamorcer la crise, répondit le « magicien » d'une voix calme et sereine.

— Désamorcer la crise ? dis-tu, mais comment cela ? interrogea Waitang.

— En allant rencontrer le Roi, répondit simplement Yogan.

Il y eut alors un grand silence dans la tente, tandis que tous les participants à la réunion dévisageaient le « magicien », l'air incrédule.

Le magicien des Basses Terres

En effet, cette idée n'aurait jamais pu germer dans leur esprit, puisque, pour eux, le « Roi » et la capitale n'étaient que des abstractions, loin de toute réalité qui fasse partie de leur univers quotidien.

— Je crois savoir que le Roi reçoit ses sujets pour écouter leurs doléances, expliqua Yogan, le plus simple est d'aller lui raconter ce qui s'est passé.

— Je vous l'avais bien dit ! commenta Dolan avec un large sourire, cet homme est déconcertant !

— Tu irais là-bas au péril de ta vie ? demanda Waitang.

— Croyez-vous que nos vies soient moins en péril en attendant que l'armée royale vienne nous châtier ? rétorqua le « magicien ».

— Et que ferons-nous si, entre-temps, l'armée de Wissinie nous envahit ? questionna Yazamok.

— Si les wissiniens doivent nous envahir, cela se fera durant la saison sèche, répondit Yogan, pas maintenant donc, car, pour déplacer une grande armée avec les énormes problèmes d'intendance et de ravitaillement que cela pose, il vaut mieux que les voies soient praticables.

— Mais qui donc t'a appris l'art de la guerre ? interrogea Kolchan.

Yogan ne répondit pas tout de suite. Il prit le temps de regarder longuement vers le ciel avant de fixer droit dans les yeux son interlocuteur.

— J'ai beaucoup voyagé après que mon tuteur, le shaman, m'ait enseigné les fondements essentiels de la vie, dit-il, et j'ai appris en écoutant ce que disaient ceux qui avaient des choses utiles à dire. J'ai rencontré des civilisations différentes de la nôtre et j'ai passé plusieurs années en traversant de nombreux pays en direction du soleil levant. J'ai pu m'apercevoir que, si les génies savent imaginer des inventions remarquables, ce sont les sages qui disent à quel moment il faut les employer et ce sont les érudits qui savent comment les réaliser.

Le magicien des Basses Terres

— Ces gens, dont j'ignorais tout, poursuivit-il, ont mis de nombreux siècles pour forger leurs expériences et pour exceller dans l'art du combat individuel tout autant que dans la stratégie de la guerre. J'ai beaucoup appris à leur contact dès lors que j'ai pu comprendre leur dialecte. Ainsi, je sais aussi bien comment fabriquer une arbalète, qu'un scorpion, ou bien une charrue à quatre bœufs, ou bien même un bateau à voile. C'est pourquoi, je vous engage, vous tous, à exhorter vos jeunes à voyager pour connaître le reste du monde et revenir plus instruits.

La voix tranquille de Yogan lui conférait une emprise sur son audience, mais ce fut Dolan qui reprit la parole :

— Mes amis, dit-il en forme de conclusion, je suis convaincu que notre avenir sera largement conditionné par la cohésion que nous mettrons à nous unir. C'est pourquoi, tant que nos peuples resteront soudés, nous pourrons affronter les pires moments, car nul ne connaît mieux que nous cette contrée et ses pièges. Allez en paix !

Tous les chefs de tribu se serrèrent confraternellement, geste rare qui scellait peut-être à jamais leur union sacrée …

IX -   ODIN Iᵉʳ

Yogan n'était jamais venu dans la capitale du royaume de Jadhésie et encore moins, bien sûr, dans le palais royal. Il était en compagnie de Yotasum, qui était le seul villageois à être déjà venu, et qui connaissait la route ainsi que les rues de Djamabad. Ils avaient mis trois jours pour traverser le désert du nord-est avant de franchir le fleuve Anahrog et de chevaucher durant trois jours supplémentaires dans la longue vallée qui conduisait à la capitale en longeant les hauts massifs enneigés de l'ouest, d'un côté, et le fleuve de l'autre.

Ils étaient sur le point d'être reçus par sa Majesté Odin Iᵉʳ en personne, après avoir sollicité une audience selon le protocole en vigueur. Ils entrèrent dans la salle d'audience totalement ébahis par la taille de la pièce et par le luxe des objets qui la meublaient. Au centre, Odin Iᵉʳ, le souverain de la dynastie des Shabnam, était assis sur son trône, juché sur une estrade, d'où il pouvait dominer l'ensemble de l'assemblée. Odin Iᵉʳ était un homme d'âge mûr et de grande taille, d'un port altier, le menton carré, les tempes grisonnantes et le regard franc d'un bleu azur fixé droit devant lui.

Une multitude de gens, des hommes, des femmes, de tous âges, vêtus de somptueux habits, entouraient le roi, tandis qu'à sa droite, Katayun Ehsan, le conseiller royal, se tenait majestueusement debout. C'était un homme d'une envergure imposante, vêtu d'un grand manteau qui lui donnait l'air encore plus massif. Il était volumineux, d'un âge indéfinissable, avec des yeux vifs et perçants comme ceux d'un rapace.

La reine, une très belle femme, vêtue d'une robe ornée de bijoux, avec un diadème richement décoré dans les cheveux, était assise aux côtés du roi. Les soldats de la garde royale, avec des habits d'apparat, étaient nombreux et bien armés.

Le magicien des Basses Terres

Les deux voyageurs s'avancèrent, d'un pas timide, à l'invitation d'un majordome et Yotasum posa un genou à terre en signe de respect et de soumission. Il dut souffler à Yogan de faire de même pour que le « magicien » fasse sa révérence. La reine remarqua aussitôt que le plus jeune des deux visiteurs avait un regard indéfinissable et mystérieux.

— Veuillez vous présenter au roi de Jadhésie et énoncer votre requête ! dit le conseiller royal avec solennité.

Les deux hommes avaient convenu que ce serait Yogan qui parlerait si Yotasum n'était pas interpellé personnellement.

— Om m'appelle Yogan, déclara le « magicien », et voici Yotasum, l'un des sages de la tribu des Nowanguis, qui vient des Basses Terres, l'une des provinces du sud du royaume …

— Les Nowanguis ? la tribu de ceux qui ont défait un corps de l'armée royale ? interrompit aussitôt le conseiller royal Ehsan.

— Oui, monsieur le conseiller, nous venons de cette tribu, répondit Yogan, et nous …

— Gardes ! emparez-vous de ces hommes ! s'exclama le conseiller. Ce que vous avez fait est passible de la peine de mort et vous allez agrémenter le repas des crocodiles du Roi !

Aussitôt, quatre soldats de taille imposante, s'étaient approchés des nouveaux-venus pour les entourer et les emmener.

— Attendez ! dit le roi Odin Ier, voyons ce qu'ils ont à nous dire. Quelle est donc votre requête ?

— Sire, répondit Yogan, nous n'avons pas de requête, nous sommes ici simplement pour mettre en garde sa majesté, dont la réputation est d'être juste et soucieuse du sort de ses sujets, de faits qui doivent être portés à sa connaissance et qu'elle ne peut cautionner.

— Et quels sont ces faits ? demanda le roi.

— Il s'agit d'un corps de l'armée royale, exposa Yogan, qui, abusant de son autorité dans une contrée éloignée de la capitale, a enrôlé de force des jeunes gens, a volé des populations innocentes et a violé leurs femmes sans défense, sont-ce là des comportements excusables ?

— Tu es un menteur, intervint le conseiller royal Ehsan. Notre armée ne peut pas agir de la sorte et elle ne l'a jamais fait !

— Ce que tu dis est une grave accusation, as-tu une preuve de ce que tu avances ? demanda le roi Odin Ier.

— Sire, il suffit de dépêcher des questeurs sur place pour interroger les membres de la tribu des Timanaks, dans les Hautes Terres de cette province du sud, répliqua Yogan, et ce ne sont pas les seules victimes d'agissements malhonnêtes de l'armée royale. J'ai moi-même voyagé dans plusieurs provinces, du nord au sud comme de l'est à l'ouest, et j'ai déjà été le témoin de comportements similaires un peu partout. Sire, la manière dont ces hommes d'armes procèdent en votre nom ne glorifie pas l'image du royaume.

Il y eut un court moment de silence gêné, puis, Odin Ier se leva brusquement de son trône et s'approcha de Katayun Ehsan.

— Conseiller Ehsan, interrogea le roi, pourquoi ne suis-je pas tenu au courant de tels faits ? si ce que prétend ce Yogan est vrai, il est urgent de reprendre la situation en mains ...

— Ce que dit l'étranger est sans doute exagéré, Majesté, expliqua le conseiller Ehsan visiblement embarrassé. Les troupes sont souvent soumises à de fortes obligations et il est normal que nos soldats prennent un peu de bon temps lorsque l'occasion se présente, c'est la compensation légitime de leur fidélité et de leur dévouement sans faille au royaume.

— Mais faut-il pour cela que leurs actes s'apparentent à ceux de brigands ? demanda Yogan. Faut-il ensuite qu'ils attaquent de modestes paysans comme ceux de la tribu des Nowanguis dont Yotasum est ici le valeureux représentant ? Takagan Sokawak, leur commandant fanfaron, a cru pouvoir s'approprier les biens de cette tribu paisible qui avait eu le tort d'aider les Timanaks persécutés, mais il a conduit ses hommes au désastre et il a payé de sa vie son arrogance et sa prétention.

— Pour cela tu seras poursuivi et jugé ! menaça le conseiller Ehsan.

— Et puis, je ne suis pas certain que vos soldats aient bien satisfait aux obligations de leur métier, enchaîna Yogan sans tenir compte des derniers propos.

— Que veux-tu dire ? questionna le souverain.

— Sire, ceci est la seconde raison pour laquelle nous avons décidé d'entreprendre ce long voyage jusqu'ici, affirma Yogan, car il nous a semblé que nous devions rapporter les faits que nous avons pu constater dans notre contrée …

Et il se tourna alors vers le conseiller Katayun Ehsan :

— Monsieur le conseiller, dit Yogan, puisque ces militaires se trouvaient dans cette région du sud, proche de la Wissinie, notre ennemi héréditaire, vous ont-ils signalé des mouvements de troupe près de la frontière ?

Après un court instant d'hésitation dans le silence de la pièce, le roi jeta un regard inquiet et interrogateur en direction de son conseiller.

— Conseiller Ehsan, interpella Odin Ier, avons-nous été alertés de mouvements de troupes près de notre frontière ? et si c'est le cas, pourquoi ne suis-je pas informé ?

Une nouvelle fois, le conseiller Ehsan fut mis dans l'embarras et il réfléchit longuement avant de répondre :

— Majesté, dit-il, nous n'avons été avertis d'aucune manœuvre ennemie à proximité de nos frontières, sinon, je vous aurais mis au courant, bien sûr …

— Alors que faisaient nos soldats là-bas, répliqua le souverain, à part assouvir leurs convoitises au détriment des pauvres bergers et paysans qui peuplent cette région ?

Le conseiller jeta un regard haineux en direction de Yogan. Il avait espéré obtenir la tête des visiteurs à donner en pâture aux crocodiles du roi, et soudain, c'était lui qui se retrouvait mis sur la sellette, devant l'ensemble des notables présents à la cour royale, et cela lui déplaisait fortement.

— Il faut dépêcher urgemment des troupes dans cette région, poursuivit le roi, pour rétablir l'ordre et anticiper toute invasion de la part de nos voisins wissiniens qui sont coutumiers du fait. Et je tiens également à ce que la lumière soit faite sur ce prétendu comportement inacceptable de mes soldats là-bas !

— Bien Majesté, mais que faisons-nous de ces deux individus qui ont participé au massacre de notre corps d'armée ? demanda le conseiller Ehsan.

Le roi marqua une hésitation, visiblement partagé entre l'envie de les arrêter pour les actes commis à l'encontre de son armée et le désir de les laisser repartir en paix pour le courage dont ils avaient fait preuve en venant le rencontrer. C'est alors que la reine intervint :

— Sire, dit-elle, ces deux valeureux guerriers sont venus de très loin et de plein gré pour t'avertir d'un danger qui menace ton royaume, ce que tes soldats auraient dû faire … au lieu de cela, ils se sont livrés à des actes de persécution sur leur tribu, dignes des hordes barbares, aurais-tu perdu ton sens de la justice et n'éprouves-tu pas une reconnaissance légitime à leur égard ?

Le souverain était toujours dans l'indécision et le conseiller tenta alors d'influer sur son jugement :

— Majesté, quelles que soient les mauvaises manières de nos troupes, déclara-t-il, elles ne peuvent, en aucun cas, faire impunément l'objet d'une agression, ces hommes doivent payer pour leur geste !

Le souverain persistait dans son indécision.

— Sire, reprit Yogan d'une voix sereine, tu peux prendre ma vie, elle n'a que peu d'importance, mais, cela ne modifiera en rien le fait que les soldats de ton armée se sont mal comportés et cela ne changera pas les éventuelles mauvaises intentions des wissiniens à l'égard du royaume.

Le magicien des Basses Terres

A cet instant précis, une jeune femme écarta les rideaux situés qui ornaient la salle et se plaça devant Odin Ier. Elle était majestueusement vêtue et se déplaçait avec une grâce féline. Son corps de déesse ondulait sous le tissu de soie qui la recouvrait jusqu'aux chevilles tandis que ses longs cheveux blonds scintillaient dans la clarté du soleil qui filtrait par une ouverture.

— Père, dit-elle, j'ai tout entendu, il a raison ! tu dois être clément envers ces hommes qui sont venus au péril de leur vie te prévenir de faits graves. Alors, non seulement tu dois faire preuve de clémence, mais tu devrais les encenser et les récompenser pour avoir fait cela et encourager tes autres sujets à agir de même !

— Oui, tu parles juste Shayana, dit le roi finalement convaincu. Ils peuvent aller librement !

Les deux visiteurs se levèrent et firent une dernière révérence avant de tourner les talons et de prendre prestement la direction de la sortie.

— Majesté, j'espère que vous n'aurez pas à regretter cette décision, grommela sournoisement le conseiller Ehsan.

Le magicien des Basses Terres

Yogan et Yotasum s'arrêtèrent dans une auberge des faubourgs de Djamabad pour faire des provisions avant le grand voyage du retour. Ils étaient assis à une table dans la grande salle qui jouxtait les cuisines et une foule de voyageurs étaient en train de se restaurer dans un vacarme assourdissant. Yogan observait trois d'entre eux qui venaient d'entrer et qui semblaient dévisager les consommateurs avec difficulté à cause de la différence de luminosité entre la clarté extérieure et l'obscurité de la salle. Ces hommes étaient habillés de guenilles et on pouvait aisément deviner leurs armes cachées sous leurs tuniques.

Yogan se leva soudain et glissa quelques mots à l'oreille de Yotasum avant de s'éclipser rapidement en direction de la porte du fond menant aux écuries. Un court instant plus tard, les trois individus se présentaient devant le « maître du feu », menaçants, et l'un d'eux s'adressa à lui dans un dialecte incompréhensible. Puis, celui qui semblait être leur chef montra la porte dérobée du fond de la salle en aboyant des ordres et les trois hommes disparurent aussitôt.

Les trois poursuivants entrèrent dans les écuries puis, par gestes pour rester silencieux, le chef leur indiqua de se répartir dans l'espace à la recherche de leur cible. Les hangars de l'auberge étaient vastes et comportaient de multiples box pour séparer les chevaux. Le craquement du fourrage broyé par leurs dents était le seul bruit perceptible dans le vaste enclos.

Le premier loubard emprunta l'allée centrale, tandis que les deux autres prenaient chacun leur côté et ils avaient l'intention de ratisser ainsi l'ensemble de la bâtisse. Ils avançaient en silence, tous leurs sens en éveil, dans des allées différentes, armes à la main et prêts à fondre sur leur proie. Après un long moment de progression dans les couloirs du bâtiment, ils n'avaient toujours rien trouvé et ils s'étaient perdus de vue.

Le plus jeune des trois était arrivé au bout de son allée et il hésitait à faire demi-tour, préférant attendre les deux autres. Mais un léger bruit, provenant du dernier box, éveilla sa curiosité. Aussitôt sur ses gardes, il s'approcha lentement et sans bruit pour vérifier la cause du frémissement qu'il avait entendu, avec un long poignard à la main. Avec mille précautions, il poussa du pied la porte du box qui s'ouvrit

Le magicien des Basses Terres

avec un léger couinement, pour constater la présence de deux chevaux qui broutaient paisiblement le fourrage. Il eut un petit sourire lorsqu'il pensa en lui-même qu'il avait été alerté par un simple bruit provoqué par l'une des deux montures. Il fit un pas en avant pour entrer à l'intérieur du box et s'assurer que son hypothèse était la bonne, mais brusquement, la porte se referma brutalement sur lui avec une telle violence qu'il fut touché de plein fouet au visage et qu'il roula à terre complètement assommé.

Ses deux complices, qui se trouvaient non loin de là, crurent percevoir des bruits suspects et se précipitèrent dans la direction du dernier box. Ils arrivèrent ensemble à hauteur du dernier enclos à chevaux pour voir Yogan qui les attendait debout, immobile, les bras croisés, et ils purent apercevoir le corps inanimé de leur compère.

> — Fils de pute, on va te saigner comme un porc ! grommela le plus âgé.

Les deux tueurs s'approchèrent au plus près du « magicien » en faisant en sorte de couper toute voie de retraite possible. Ils tenaient tous les deux un long poignard de combat qu'ils manipulaient avec dextérité. Lorsqu'ils furent à quelques mètres seulement de Yogan, celui-ci rabaissa sa capuche, laissant apparaître un visage serein, et dégrafant lentement l'attache qui maintenait sa pèlerine, l'ouvrit pour montrer qu'il portait une ceinture en dessous, à laquelle était attaché un sabre. Puis, il sortit l'arme de son fourreau, en faisant un bruit caractéristique qui glaça le sang de ses adversaires. Il prit du temps, avec des gestes lents, pour se placer en position stable, les pieds légèrement écartés, et il saisit le sabre à deux mains qu'il tenait droit devant lui, la pointe vers le bas.

Les deux agresseurs furent surpris de l'attitude de l'homme qui ne montrait aucun signe de détresse et même, au contraire, c'était à leur tour de sentir le doute les envahir. Ils n'avaient jamais vu une telle arme blanche qui brillait sous les rayons du soleil filtrés par une ouverture et qui lançait des éclairs dans la pénombre de l'écurie. Celui qui paraissait être le chef décida d'attaquer en se jetant droit devant lui, armé de son poignard, avec un large mouvement du bras de bas en haut. Avant même qu'il ait compris pourquoi et comment, Yogan avait fait un déplacement perpendiculaire à sa trajectoire, comme un pas de danse, et, au passage, d'un coup de sabre, avait sectionné la main de son agresseur. Celui-ci, totalement médusé, regardait fixement son membre au sol tenant encore le couteau. La scène dura quelques secondes qui parurent une éternité, puis, le tueur ramassa sa main et détala en courant hors de la bâtisse en hurlant sa douleur.

Le troisième assassin se retrouva seul devant sa supposée victime et sa motivation parut fondre en un instant. Il marqua son hésitation en se dandinant sur un pied sur l'autre et, après une courte réflexion, prit le parti de prendre la fuite.

Yogan, le plus calmement du monde, rangea son sabre dans son étui, ferma sa pèlerine et remit sa capuche. Il se dirigea vers le milieu de l'écurie où il retrouva le box qui abritait leurs chevaux. Puis, d'un pas décidé, accompagné des deux montures, il rejoignit Yotasum, qui l'attendait devant l'entrée de l'auberge avec un sac plein de provisions. Ils enfourchèrent leurs chevaux et prirent aussitôt le chemin du retour.

Le magicien des Basses Terres

X - LA POUDRE NOIRE

Quelques jours plus tard, ils parvinrent à rejoindre "Kotha-Yogan" sans encombre. Attendus impatiemment par tous les membres de la tribu, ils furent noyés, dès leur arrivée, sous une avalanche de questions de la part de leurs amis. Ce fut essentiellement Yotasum qui répondait tandis que Yogan, comme à son habitude, restait silencieux.

— Alors, racontez-nous ce qu'il s'est passé dans la capitale ! demanda Tishan le forgeron. Nous sommes empressés de savoir …

— Nous avons rencontré le Roi Odin Ier en personne, répondit le « maître du feu », et Yogan a expliqué les raisons qui nous ont poussés à l'affrontement avec les soldats du royaume. Mais, nous avons été pris à parti par le conseiller royal Ehsan et nous avons failli servir de dessert pour le repas des crocodiles de sa majesté ! c'est grâce à la reine et surtout à Shayana, la fille du Roi, que nous avons pu échapper de peu à ce sort.

— Et qu'a dit le Roi ? interrogea Dolan.

— Finalement, il s'est rangé aux arguments de Yogan, expliqua Yotasum, et il a dit qu'il enverrait des troupes pour rétablir l'ordre dans la région, mais aussi pour se prémunir d'une invasion des wissiniens. Je crois que c'est cela qui a été le point crucial de notre raisonnement qui a convaincu le souverain. Il a réalisé que nous venions le prévenir d'une éventuelle attaque mortelle à laquelle il ne s'attendait pas, puisque ses soldats malfaisants ne l'avaient pas alerté.

— C'était donc finalement une tâche facile ? ajouta malicieusement Wirod avec un sourire.

Le magicien des Basses Terres

— Pas du tout ! s'exclama Yotasum, j'aurais bien aimé t'y voir ! d'autant plus qu'au retour Yogan a été victime d'une tentative d'assassinat, mais il a su faire déjouer ses agresseurs.

— Comment cela un assassinat ? questionna Dolan, de la part de qui donc ?

— Je ne sais pas, répliqua Yotasum, ils étaient trois individus louches, qui sans doute nous avaient suivi, armés de grands poignards, et qui se sont précipités dans l'auberge où nous avions décidé de nous restaurer. Ils ont pourchassé Yogan jusque dans les écuries …

— Et que s'est-il passé ensuite ? insista Dolan.

— Ça, je ne sais pas, répondit Yotasum, Yogan les avait repérés et il m'a seulement dit d'aller payer nos marchandises et de l'attendre devant l'auberge …

Tous se tournèrent alors vers le magicien qui était resté silencieux jusque-là pour avoir la suite du récit. Celui-ci grimaça un sourire avant de répondre :

— Je les ai persuadés de ne pas se mettre en travers de notre chemin, dit-il simplement.

— Comment ça ? questionna Wirod soudain admiratif, tu veux dire que tu les as affrontés ? trois tueurs à toi tout seul ?

— Oui, répondit Yogan, moi tout seul, mes arguments les ont convaincus …

— Quels arguments ? insista Wirod intrigué.

Le « magicien » ne dit rien, mais montra, avec un petit sourire, le bout de son sabre qui dépassait sous sa pèlerine.

— Tu sais donc te battre ? remarqua Wirod, toi qui est toujours resté en retrait des situations de tension. Je pensais que tu étais seulement un sachant, mais pour se battre contre trois adversaires il faut faire preuve d'une grande maîtrise de l'art du combat. Je suis très impressionné …

Le magicien des Basses Terres

— Tu peux l'être, affirma Yotasum, cet homme est surprenant chaque jour un peu plus. Je puis t'assurer que je n'aurais pas osé affronter ces trois hommes de main qui n'avaient pas l'air commodes !

— Qui les a envoyés ? questionna Wirod.

— Je suis persuadé qu'il s'agit du conseiller Ehsan, répondit Yotasum. Notre récit l'a mis en mauvaise posture devant le Roi et sa cour et je pense qu'il a voulu se venger.

Le magicien des Basses Terres

Ce jour-là, Yogan revenait d'un périple sur les pentes abruptes des Hautes Terres et il avait l'air plutôt satisfait. Il se dirigea vers l'habitation de son ami Yotasum qui travaillait à la fabrication des bûches inflammables. Il portait avec lui un grand sac de toile et il entra dans l'atelier du « maître du feu ».

> — Yotasum, dit-il, si on te surnomme le « maître du feu », c'est bien parce que tu es le dépositaire d'une connaissance ancestrale et que tu sais fabriquer ces bûches de feu si utiles, n'est-ce pas ?

> — Oui, répondit Yotasum, c'est à partir d'une matière hautement inflammable que je confectionne ces buchettes.

> — Et cette matière, tu l'obtiens comment ? demanda Yogan.

> — Je connais les lieux où on la trouve et cela fait partie de mon secret, avoua Yotasum. Mais pourquoi me demandes-tu cela ?

Yogan ouvrit alors le sac qu'il portait avec lui et après avoir extrait une petite quantité de la matière qu'il contenait, il la posa sur la table. C'était une espèce de poudre grise semblable à du sel mais plus friable.

> — Connais-tu cette substance ? demanda-t-il.

Yotasum en prit une pincée du produit et le porta à sa bouche pour le recracher aussitôt.

> — Cela ressemble à ce produit salin que nous employons pour la salaison et la conservation de la viande, observa-t-il. Il sert aussi à soigner les plaies infectées. Nous appelons cela « sel de pierre », mais c'est une substance rare que nous récupérons sur les murs des étables humides.

> — Oui, c'est cela-même, admit Yogan, j'ai appris son existence dans l'un des pays orientaux que j'ai parcourus. Ils appelaient cela "drogue à feu". J'ai découvert, par hasard, un gisement de cette matière dans un endroit désertique sur les pentes des Hautes Terres.

> — Considères-tu qu'il s'agisse là d'un secret ? demanda Yotasum.

Le magicien des Basses Terres

— Pas du tout ! déclara Yogan, je te montrerai les lieux, c'est dans une grotte. Mais suis-moi !, tu vas voir quelque chose que tu n'as jamais vu …

Puis, Yogan prit son sac avec lui, quelques buchettes incendiaires, un bâton du produit sulfureux qu'utilisait Yotasum et sortit aussitôt d'un pas rapide. Intrigué, mais persuadé qu'il s'agissait d'une affaire sérieuse, Yotasum suivit le « magicien » à travers le méandre des rues du village. Ils arrivèrent devant l'atelier de Tishan le forgeron et Yogan entra directement dans la vaste pièce où l'artisan travaillait.

— Bonjour Tishan, dit-il, peux-tu me donner quelques fragments de charbon de bois ?

Tishan, le regard incrédule, fixa successivement Yogan et Yotasum, se demandant visiblement la raison pour laquelle on lui adressait cette requête. Puis, sans un mot, il fouilla dans les restes d'un feu de bois dans un coin de son atelier pour rapporter quelques morceaux de houille. Aussitôt, Yogan s'en empara et se dirigea vers le fond de l'atelier où il se mit à désagréger le tout durant un long moment pour en faire de la poudre disposée en trois tas distincts qu'il prit soin de ne pas associer, un tas de salpêtre, l'autre de souffre et le troisième de charbon de bois. Puis, il prépara un mélange en versant avec un gobelet diverses proportions des trois poudres obtenues.

— Ne restez pas là, éloignez-vous, cria-t-il à l'adresse de ses amis, c'est dangereux !

Les deux compères se regardaient en se demandant quel nouveau tour leur avait préparé le magicien. Yogan sortit de l'atelier avec un gobelet d'une main et la bûche inflammable de l'autre, puis il sortit du village d'un pas alerte.

Il atteignit bientôt les abords du fleuve où se trouvait un gros arbre mort. Il déposa délicatement le contenu du gobelet sous le tronc et le reliât à une mèche imbibée de pétrole. Ensuite, il frotta fortement la buchette inflammable qui prit feu et alluma la mèche avant de partir en courant se cacher derrière les murs des premières maisons.

Le magicien des Basses Terres

— Couchez-vous ! hurla-t-il à ses deux amis qui arrivaient seulement à cet instant.

Mais l'ordre fut trop tardif et, soudain, une grosse explosion secoua tout le quartier. Le souffle avait projeté au sol les deux imprudents et totalement pulvérisé le tronc d'arbre qui avait fait un bond en l'air et les morceaux épars jonchaient les lieux de l'expérience.

Totalement sidérés, le visage enfariné par le nuage de poussière dense provoqué par la déflagration et qui commençait lentement à se dissiper, Tishan, le forgeron et Yotasum, le « maître du feu », étaient paralysés par la peur et le traumatisme subi.

— Mais qu'est-ce donc qu'il nous a encore fait, le « magicien » ? commenta Yotasum.

— Ça c'est de la magie ! s'exclama Tishan avec admiration.

Toute une partie des villageois, Dolan en tête, commençaient à accourir, attirés par le bruit de l'énorme explosion, bruit qu'ils n'avaient eu l'occasion d'entendre jusque-là.

— De quoi s'agit-il ? demanda Dolan l'air curieux. Quel est donc ce vacarme assourdissant ?

— C'est Yogan ! déclara Tishan, il nous a fait un nouveau tour de magie. Mais, celui-là est de taille !

— Qu'est-ce qui a détruit le gros tronc d'arbre là-bas ? interrogea Dolan, que nous n'arrivions pas à transporter … Yogan, puis-je avoir une explication ?

— Oui Dolan, expliqua Yogan. Au cours de l'un de mes périples dans un pays d'orient, j'ai appris à fabriquer de la poudre noire, qui a fort pouvoir explosif, et voilà …

— Peut-on l'utiliser aussi comme une arme ? s'enquit Yotasum.

— Bien sûr, oui, répondit Yogan, cela peut même être une arme redoutable, c'est d'ailleurs pour cela que j'ai fait cet essai …

— Et comment l'utilise-t-on ? questionna Yotasum.

Le magicien des Basses Terres

— On a besoin de lanceurs de flèches creuses, en bambou par exemple, qui contiennent la poudre noire, déclara Yogan, et que l'on lance sur l'ennemi juste après avoir allumé la mèche. Une fois arrivée sur la cible, la flèche transporte une quantité de poudre suffisante pour provoquer une déflagration destructrice qui peut causer d'énormes dégâts.

— Avec quels lanceurs ? questionna Yotasum.

— Pour projeter ces grosses flèches il faut avoir un engin puissant, tel un scorpion, dit Yogan, qui puisse envoyer des flèches jusqu'à une distance de trois stades.

— Et qu'est-ce donc qu'un scorpion ? interrogea Tishan d'un ton bourru.

— Il s'agit en réalité d'une grosse arbalète qui se déplace sur un petit charriot, répondit Yogan, d'ailleurs Tishan, j'aurais besoin de toi pour fabriquer ces engins et les projectiles, je te donnerai les indications pour le faire …

— Bon sang, observa Dolan, si Yotasum a bien mérité son surnom de « maître du feu », toi aussi, Yogan, tu es très bien nommé avec « le magicien » !

XI - SHAYANA

Un émissaire de la tribu des Timanaks demanda à parler à Dolan de la part de son chef Waitang. Il venait dire que l'armée royale avait été aperçue à l'entrée nord-est des Basses Terres, tout près de la « passe de la mort », ce long défilé qui reliait la grande plaine au désert de Jadhésie conduisant à Djamabad, la capitale du royaume. Le général de cette armée souhaitait rencontrer les chefs des tribus de la région, ainsi que les deux émissaires nowangui qui avaient été reçus par le Roi Odin Ier.

Ce furent donc plusieurs délégations qui se présentèrent dans la plaine des Basses Terres, là où la troupe des soldats de l'armée royale avait établi son camp de base. Celle des Nowanguis comprenait Dolan, Wirod, Yotasum et Yogan accompagnés de quelques guerriers pour les protéger en chemin. Puis, vinrent tous les autres, à commencer par Yazamok le boungari, Waitang le timanak, et Kolchan le kawanabi. Tous les chefs furent reçus par le général du royaume de Jadhésie dans une grande tente érigée au milieu de nulle part. En arrivant près du camp militaire, on pouvait constater la puissance de ce corps d'armée, avec ses balistes, ses charriots de ravitaillement et sa multitude de tentes abritant les soldats.

Lorsque tout le monde eut pris place, leur hôte entra, précédé de plusieurs gardes du corps, et s'approcha de la table installée au centre de la tente. Tous les invités remarquèrent la frêle silhouette lourdement armée, vêtue d'une armure de cuir épais portant les armoiries royales, qui se déplaçait avec grâce et lorsque le casque, orné d'une crête de couleur rouge, fut ôté, les longs cheveux blonds d'une jeune femme roulèrent sur ses épaules et dans son dos. Il y eut un murmure de surprise dans l'assemblée qui ne s'attendait visiblement pas à une telle apparition dans cette tenue de combat.

Le magicien des Basses Terres

La jeune femme laissa le temps aux hommes de l'assemblée de se remettre de leurs émotions avant de prendre la parole :

— Soyez remerciés messieurs les chefs de tribus d'avoir répondu à mon invitation, dit-elle d'une voix haute et claire. Je suis Shayana, la fille du Roi Odin Ier ...

Aussitôt, des murmures parcoururent l'assemblée, certains se prosternant devant la princesse :

— La princesse Shayana ! ...

— Je suis ici pour faire respecter la loi du royaume, enchaîna-t-elle. Vos deux émissaires sont venus jusqu'à Djamabad pour nous avertir du comportement inexcusable d'une troupe de soldats de sa majesté et j'ai pu vérifier qu'ils disaient vrai. Vous avez eu raison de vous défendre contre eux et en tuant Takagan Sokawak, leur commandant félon, vous avez été le bras armé de la justice !

— Vos émissaires, poursuivit-elle, nous ont également appris que des troupes ennemies, probablement wissiniennes, se massent à notre frontière de l'ouest et c'est pour cela aussi que mon père, Odin Ier, m'a donné le commandement de la deuxième armée du sud avec la mission de prévenir un éventuel envahissement du royaume ...

— Messieurs les chefs de tribus, exhorta-t-elle, vous êtes aussi des chefs de guerre et j'aurai besoin de vous !

Elle parcourut des yeux l'assemblée des participants, lentement, l'un après l'autre, à la recherche d'un signe de consentement, mais personne n'osa soutenir son regard, à l'exception de l'homme qu'elle avait défendu, dans le palais royal. Elle avait déjà remarqué l'intensité de son regard et, sur l'instant, elle crut percevoir dans ses yeux un signe imperceptible d'encouragement.

— Je n'ignore pas, reprit-elle, que nous sommes dans une contrée éloignée de la capitale et que nous n'avons pas toujours été prompts à nous acquitter de nos devoirs envers vous, mais vous faites partie de la Jadhésie et, j'en suis sûre, vous aurez tout autant à cœur à protéger vos villages qu'à défendre l'intégrité du royaume.

— Qu'attendez-vous de nous exactement, princesse Shayana ? demanda Dolan.

— Vous connaissez bien la contrée, répondit-elle, et je vous demande de nous alerter lorsque l'agresseur entrera sur vos terres. Il est probable que les envahisseurs auront besoin de ravitaillement et qu'ils tenteront de vous prendre toutes les provisions qui se mangent, céréales, fruits, légumes, animaux domestiques, et j'espère que vous pourrez résister. Vos guerriers peuvent même harceler nos ennemis, sans pour autant les affronter directement. Toute action de résistance ou de rébellion de votre part sera la bienvenue …

— Princesse Shayana, dit alors Waitang, le chef des Timanaks, vous nous demandez de nous battre aux côtés de ces mêmes soldats qui nous ont pillé nos maisons et agressé nos femmes ?

Un grand silence plana sur l'assemblée qui retenait son souffle. La fille du roi se tourna lentement en direction de l'intervenant et le fixa de ses yeux bleus azur :

— Si le royaume de Jadhésie est envahi, dit-elle, croyez-vous que les populations locales seront épargnées ? croyez-vous que les exactions commises par une armée en campagne sont moins horribles que celles que les soldats du Roi vous ont infligées ? Vous pouvez vous attendre à ce que la guerre vous affecte directement, croyez-moi !

Personne n'osait répondre à un tel argument plein de bon sens. Chacun avait souvenir dans la mémoire de sa tribu, rapportés par les anciens, d'anciens récits de guerre relatant des actes d'une atrocité et d'une sauvagerie barbares. Il fallait bien se rendre à l'évidence, la princesse avait raison ! En cas d'invasion, les tribus des Basses et des Hautes Terres seraient en première ligne et exposées aux terribles conséquences de la guerre.

— Princesse Shayana, demanda Dolan, avez-vous un plan précis ?

Le magicien des Basses Terres

— Veuillez approcher je vous prie, dit-elle aux chefs de tribus en montrant la table située au centre de la tente.

Les chefs s'étaient rassemblés devant le meuble de fortune sur laquelle se trouvait une carte de la région où l'on distinguait clairement la configuration des lieux, avec le fleuve Anahrog, la grande plaine et les monts escarpés des Hautes Terres au nord et à l'ouest. On pouvait voir également les trois voies d'accès étroites, caractéristiques de la topographie de la province.

— Nous ne connaissons pas encore l'importance de l'armée qui sera face à nous, expliqua la princesse en montrant la carte, mais nous sommes certains d'une chose, c'est que cette force devra emprunter la « passe de la mort » pour atteindre la capitale, puisque c'est la seule voie possible. Donc, même si ma troupe n'est pas très nombreuse, la meilleure chance de stopper la progression de l'ennemi c'est d'attendre qu'il traverse la passe et lui tendre un piège …

— Ce qui signifie que l'ennemi aura tout loisir de nous attaquer ! constata Yazamok, le chef des Boungaris. Les troupes royales ne nous seront d'aucun secours …

— L'ennemi aura, il est vrai, deux options, déclara Shayana. Soit traverser le plus rapidement possible votre contrée pour aller droit sur la capitale, soit il prendra son temps une fois arrivé dans la plaine des Basses Terres. Dans la première hypothèse, il ne vous importunera pas, mais, dans la seconde, il pourrait avoir besoin de se ravitailler chez vous … mais à l'évidence, vous comprendrez bien, messieurs les chefs de tribus, que, même avec l'armée la plus pléthorique du monde, nous ne pourrions pas tous vous protéger !

— La princesse a raison ! dit une voix forte et claire. L'armée royale ne peut pas tous nous protéger …

Toute l'assemblée se tourna vers Yogan qui venait d'intervenir en s'approchant de la table, alors qu'il était resté silencieux jusque-là. Il baissa lentement sa capuche pour regarder chacun des membres de l'assemblée droit dans les yeux.

Le magicien des Basses Terres

— Nous devons nous attendre à devoir nous défendre, dit-il, parce que, selon moi, le scénario le plus probable est que, l'ennemi, n'ignorant pas que la première difficulté qui se dresse sur sa route vers la capitale est la « passe de la mort », foncera au plus vite pour tenter de dépasser cet obstacle. Il ne sait pas que nous avons anticipé sa venue et j'espère qu'il sera pris par surprise et défait à ce point précis par les troupes royales. Mais, s'il rebrousse chemin vers sa frontière, il s'arrêtera ici-même pour rassembler ses forces et nous aurons alors à l'affronter. Et une armée en déroute est encore plus imprévisible et plus dangereuse qu'une armée en bon ordre !

— Yogan a dû lire dans l'esprit des généraux wissiniens ! railla Dolan. Mais, son argumentaire est cohérent et il a souvent raison …

— Que devons-nous faire alors ? demanda Yazamok.

— Rien ! répliqua Yogan, nous devons ne rien entreprendre tant que nous ne connaitrons pas les intentions de l'ennemi et surtout éviter de l'affronter. Nous aviserons le moment venu. Mais, pour l'heure, la princesse et son armée doivent disparaître avant que les éclaireurs ne les découvrent et préparer un piège dans la « passe de la mort ».

— Princesse Shayana, enchaîna-t-il, la victoire est dépendante de votre performance militaire, mais aussi de la solidité de notre coalition !

La princesse ne répondit rien, mais Yogan crut voir un regard complice dans ses yeux.

— Messieurs les chefs de tribus, dit-elle, je vous souhaite très sincèrement bonne chance !

Tous les hommes posèrent un genou à terre en signe de respect devant la jeune femme, qui prit le temps de remettre son casque sur la tête, avec un geste appliqué pour enfermer sa longue chevelure blonde, avant de sortir de la tente.

Le magicien des Basses Terres

Sur les indications de Yogan, Tishan le forgeron avait entrepris de fabriquer un scorpion. C'était un engin composé d'un châssis en bois massif, monté sur un essieu avec deux roues permettant à deux hommes de le déplacer facilement. Aux deux bras solidaires du châssis, des cordes archères étaient fixées et tendues avec des treuils pour être libérées grâce à une gâchette en métal. Sur le châssis on disposait d'un canal qui permettait de faire coulisser la flèche dirigée par visée oculaire sur sa cible. Les flèches étaient fabriquées en bois de bambou dont un compartiment était destiné à recevoir la poudre noire.

Une fois l'appareil expérimental réalisé, Tishan et Yogan partirent faire les essais. Ils s'installèrent à la limite des remparts de la cité et firent plusieurs dizaines de tirs avec seulement des flèches lestées avec des pièces métalliques dans le but de mesurer les distances obtenues selon l'inclinaison du châssis. Après quelques réglages effectués sur place, les deux hommes parurent satisfaits des résultats obtenus et c'est alors que commença véritablement l'expérience.

Pour cela ils durent procéder à des essais dans un lieu désert éloigné du village et de ses habitants pour d'évidentes raisons de sécurité. Cette fois, les flèches furent remplies de poudre noire, puis ils ajoutèrent une mèche imbibée d'huile chauffée. L'exercice était délicat, car il fallait allumer la mèche juste avant que le tir ne soit déclenché, avec le risque de voir l'explosion se produire au moment inopportun. Ils comprirent vite que la longueur de la mèche était dépendante de la distance à parcourir, c'est-à-dire de l'angle de tir. Les projectiles étaient envoyés à une distance variant de un à trois stades selon le réglage.

C'est ainsi qu'après deux jours de tentatives infructueuses, ils parvinrent enfin à trouver le bon équilibre entre tous les facteurs du tir et à provoquer d'énormes dégâts sur les troncs d'arbres qui constituaient leurs cibles.

Le bruit incessant des explosions finit par éveiller la curiosité des villageois qui, lors du dernier jour, se massaient derrière l'engin et hurlaient de joie en applaudissant à chaque tir. Yogan en profita pour interroger les jeunes adolescents qui étaient là auprès desquels il tenta de susciter des vocations. Il n'eut aucun mal à trouver des jeunes gens, hommes et femmes, intéressés par le métier d'artificier. Il put ainsi choisir et former quelques équipes de deux personnes en prévision des affrontements à venir. Il leur confia la poursuite des essais et, bientôt, il n'eut aucun doute sur leur capacité, étant donné leurs réflexes rapides et leur dextérité sans pareil à assimiler ses instructions et à devenir de redoutables artilleurs.

Yogan insista néanmoins sur la dangerosité des gestes à accomplir pour manœuvrer l'engin et sur les précautions à prendre en manipulant les explosifs. Il leur donna des conseils pour éviter un accident fatal et affirma à plusieurs reprises que leur vie ne dépendait que de leur minutie. Il tenta de décourager certains d'entre eux, mais, l'exercice était trop attrayant, ludique même, et la sensation d'avoir en mains une arme d'une telle puissance balayait toutes les réticences.

XII -   LA GUERRE AVEC LA WISSINIE

Dès les premiers jours de la saison sèche, comme Yogan l'avait prédit, l'armée de Wissinie entra en Jadhésie par le « défilé des sables », sorte de couloir longeant d'un côté, le fleuve Anahrog, et de l'autre, les pentes escarpées des Hautes Terres de l'ouest situé en plein territoire des Boungaris.

Aussitôt des émissaires boungari vinrent prévenir toutes les autres tribus et l'armée royale fut également mise au courant. La première des priorités pour le commandement militaire était d'évaluer la puissance de l'armée des envahisseurs. Combien d'hommes ? Quel type d'armement ? Quelle logistique ?

Pour répondre à toutes ces questions, de nombreux observateurs furent dépêchés, restant à bonne distance de la longue colonne de soldats qui prenaient lentement possession des Basses Terres. Les premières estimations rapportées par les émissaires faisaient état de cinq mille hommes de troupe, dont mille archers et cinq cent cavaliers, sans compter la multitude d'éclaireurs qui sillonnaient les avants et les côtés du convoi. A cela se rajoutaient plusieurs dizaines de catapultes, balistes et onagres en tous genres tractés par de charriots chargés de projectiles. Et à l'arrière du convoi, on apercevait un va-et-vient ininterrompu de charriots chargés de provisions qui assuraient le ravitaillement de la troupe.

L'armée de Wissinie établit son campement au milieu de la grande plaine des Basses Terres et les soldats continuaient d'arriver avant la tombée de la nuit pour opérer un vaste regroupement. Dans la soirée, des guerriers nowangui s'approchèrent des lignes ennemies suffisamment près pour voir les hommes prendre leur repas autour des feux de camp et entendre leurs rires tandis qu'ils semblaient avoir bu plus que de raison. Ils ne comprenaient pas leur propos, mais le ton de leur voix laissait supposer qu'ils étaient heureux d'être là et que la confiance était de leur côté. Ils ne purent obtenir aucun précieux renseignement supplémentaire, si ce n'est que le général wissinien, commandant cette grande troupe, se nommait Madakus Endokay.

Et le lendemain, comme l'avait imaginé Yogan, le général Madakus Endokay fit lever le campement en toute hâte dès l'aube, pour filer à marche forcée en direction de la « passe de la mort ». En effet, maintenant qu'ils étaient en territoire ennemi, ils devaient dépasser au plus vite ce dangereux obstacle qu'était l'étroit défilé, coincé entre le fleuve et la montagne sur la route de la capitale, avant que le royaume de Jadhésie ne soit prévenu de leur intrusion. Ils ignoraient que leurs opposants les attendaient déjà sur place pour leur tendre un piège dans la « passe de la mort ».

Arrivés à proximité du défilé redouté, le général wissinien ordonna que les éclaireurs passent en premier pour dégager la voie et prévenir toute attaque surprise. Mais la passe de la mort était une longue traversée sinueuse, tantôt longeant les abords du fleuve et tantôt profondément enfoncée entre les monts escarpés. De fait, lorsque l'avant-garde décela la présence des ennemis juchés sur les hauteurs, une partie de la troupe avait franchi une bonne distance à l'intérieur du défilé, de sorte que les hommes étaient déjà à portée de flèches.

La surprise fut totale et le général Endokay ordonna aussitôt de battre en retraite, mais les soldats wissiniens se gênaient entre eux, car les charriots avaient du mal à faire demi-tour dans l'espace resserré du défilé, empêchant ainsi les cavaliers de rebrousser chemin. Du haut des falaises, l'armée de Jadhésie avait massé de nombreux archers et une pluie de flèches s'abattit sur le convoi. Puis, ce furent les onagres qui déversèrent des rocs de pierre de plusieurs kilos chacun sur les envahisseurs, provoquant des pertes considérables parmi les hommes pris au piège.

La déroute fut totale, puisque, abandonnant le matériel lourd déjà engagé dans la passe, l'armée de Wissinie s'empressa de sortir de celle-ci par tous les moyens, souvent même en laissant armes et oriflammes sur place pour courir plus vite. La troupe restante fit marche arrière pour revenir dans la plaine des Basses Terres, à

Le magicien des Basses Terres

l'endroit même d'où elle était partie le matin. Les uns après les autres, par petits groupes, les soldats se regroupaient autour de leur général afin de panser leurs plaies et de s'organiser pour passer une nouvelle nuit sur place.

La retraite avait un goût de déroute. Ils avaient laissé dans la passe une bonne moitié de leurs équipements lourds et d'importantes pertes humaines. Du haut des falaises leurs ennemis avaient eu le loisir de causer des dommages terribles et notamment à un moment où, pris de panique, les hommes n'avaient pu, ni fuir, ni se défendre. Le général Endokay estima qu'un tiers environ de son armée avait été défaite au cours de cette embuscade et que, d'ores et déjà, il aurait du mal à atteindre son objectif.

Cependant, les mauvaises nouvelles n'étaient pas terminées, car, bientôt, il fut alerté par des patrouilles d'éclaireurs que les tribus locales avaient coupé la route vers la Wissinie à hauteur du « défilé des sables » et que l'approvisionnement de son armée s'en trouvait interrompu. Les convoyeurs avaient été faits prisonniers par dizaines et les assaillants avaient volé les marchandises. Endokay entra dans une rage folle et promit qu'il allait s'occuper de tout cela dès le lendemain matin.

Mais la nuit fut loin d'être calme. Jusqu'au petit matin, avant le lever du jour, des hordes de guerriers virevoltants vinrent agresser les sentinelles et des nuées de traits furent envoyées sur le campement, provoquant encore de nombreux blessés parmi les hommes de troupe. Cette nuit-là, peu d'entre eux furent ceux qui parvinrent à trouver le sommeil, ajoutant ainsi de l'anxiété au désastre déjà subi.

Le magicien des Basses Terres

Au petit matin, le général Endokay tenta de remotiver ses troupes car les disputes allaient bon train au moment de se partager les quelques victuailles restantes. Il dut faire appel à sa garde prétorienne pour rétablir l'ordre et éviter des affrontements sérieux et il dut promettre que bientôt le problème du ravitaillement serait réglé.

C'est pour cela que des messagers wissiniens se présentèrent devant la tour de la cité de "Kotha-Yogan" pour parlementer avec le chef de la tribu. Dolan grimpa au sommet de la tour de guet pour dialoguer avec l'un des émissaires qui parlait un dialecte voisin du jadhésien.

— Le général Endokay, baragouina-t-il, demande que les villageois arrêtent de harceler nos ravitailleurs et nous fournissent des provisions. Nous sommes là pour les réquisitionner !

— Et quelles denrées feraient plaisir au général ? demanda Dolan avec un léger sourire.

— Nous exigeons de la viande et du blé ou du maïs et du fourrage pour nos bêtes ! clama haut et fort l'émissaire.

— Avez-vous de quoi nous payer en retour ? insista Dolan toujours sur le ton de la plaisanterie.

— C'est une réquisition ! vous ne savez-donc pas ce dont il s'agit ? s'égosilla l'envoyé du général.

— Soldat ! répondit fermement Dolan, dis à ton général qu'il vienne donc chercher sa réquisition !

— Tu es stupide ! déclara le messager, notre armée va raser entièrement ton village. Il ne restera plus que des cendres …

— Je te conseille de déguerpir très vite, toi et tes compagnons ! ordonna Dolan tandis que quelques guerriers nowangui se levèrent derrière les remparts et montrèrent qu'ils étaient prêts à utiliser leurs arcs et leurs arbalètes.

Aussitôt, les messagers prirent le chemin de leur campement pour faire part au général Endokay de l'outrecuidance de ce chef barbare.

Le magicien des Basses Terres

Ce n'est qu'en milieu d'après-midi que les vigies au sommet de la tour sonnèrent le tocsin pour signaler le mouvement des troupes de Wissinie. En effet, on voyait, à l'horizon, des soldats se masser progressivement et approcher de "Kotha-Yogan". Le général Endokay semblait avoir pris le temps de mesurer les risques, mais il avait surtout fait fabriquer des embarcations pour traverser le plan d'eau qui permettraient d'atteindre la cité.

Comme il fallait s'y attendre, la technique de combat était toujours la même, selon les manuels de guerre, commencer par affaiblir l'ennemi en le bombardant avec toutes sortes de projectiles, avant de lancer l'assaut des fantassins pour laisser ensuite les cavaliers terminer l'engagement. C'est ainsi que les charriots de bœufs attelés disposèrent les balistes et autres onagres à bonne distance des remparts et hors de portée des archers de la cité. Le soleil était bas sur l'horizon lorsque les lanceurs se mirent en œuvre et crachèrent leurs pierres sur les remparts et les maisons de la cité.

Durant une demi-heure, ce fut un jet continu de projectiles qui s'abattit sur "Kotha-Yogan". Les combattants nowanguis étaient à l'abri derrière des constructions renforcées pour résister à toutes sortes d'objets projetés par les engins de destruction. Les non combattants, femmes, enfants et vieillards avaient quitté la cité pour se cacher dans la zone des marécages en bordure du fleuve et loin des combats. Quelques maisons avaient été touchées par les jets de pierres et leurs murs avaient été transpercés sous la violence des chocs.

Ensuite, les guetteurs purent apercevoir des rangées d'archers qui s'étaient rapproché des remparts. Ils comptèrent près de trois cent hommes qui par vagues successives commencèrent à inonder la zone de flèches, certaines étant serties d'étoupes enflammées. Les flèches enflammées mirent le feu aux toits de chaume qui recouvraient les maisons, mais aucune perte humaine chez les combattants ne fut à déplorer, mis à part quelques frayeurs.

C'est précisément cet instant que choisit Dolan pour lancer l'ordre de répliquer. Bien abrités des flèches derrière des constructions fermées de tous côtés, huit scorpions commencèrent à déverser leur déluge de feu sur les soldats à découvert à plus de trois cent mètres. Yogan avait

Le magicien des Basses Terres

demandé la construction de dix engins de guerre et huit entrèrent en action, tandis que deux autres étaient restés en réserve. Lorsque la première flèche de bambou tirée par un scorpion s'abattit au milieu d'une rangée d'archers, ceux-ci regardèrent le gros projectile s'écraser et furent soulagés de ne pas avoir été touchés. Mais, quelques secondes plus tard, une énorme déflagration rendit sourds les hommes les plus proches, soufflèrent comme un château de cartes un groupe de soldats et mis hors d'état de nuire cinq archers allongés au sol.

Ensuite, c'est avec une cadence d'un tir toutes les dix secondes que les huit scorpions crachèrent leur feu sur les lignes ennemies. A chaque impact au sol, la poudre noire faisait comme un petit cratère et soulevait un nuage de poussière derrière lequel disparaissait une unité d'archers. Les pertes se comptaient par dizaines et la panique gagna peu à peu les rangs des envahisseurs qui, hébétés, en désobéissant aux ordres, se mirent à battre en retraite.

Les soldats n'avaient jamais vu une telle arme dévastatrice et avaient déserté le champ de bataille complètement abasourdis et traumatisés au point de courir dans tous les sens et de s'éparpiller dans la plaine.

— C'est l'arme du diable … entendait-on dire chez les soldats choqués.

D'un geste, Dolan fit arrêter le déluge de feu tandis que l'armée de Wissinie se retirait après que le siège de "Kotha-Yogan" eut tourné au désastre à cause de l'arme fatale qu'était la poudre noire.

Mais, les malheurs des envahisseurs n'allaient pas en rester là. Peu de temps après que la retraire soit ordonnée par le général Endokay, c'est l'armée de Jadhésie qui prenait en tenaille les rescapés wissiniens. La cavalerie royale, avec à sa tête la princesse Shayana, fonça sur les soldats en déroute pour les pourfendre, alors que l'obscurité commençait à envahir la plaine des Basses Terres au moment du coucher de soleil. Quelques rayons lumineux, filtrés à travers les sommets des Haute Terres, éclairaient les scènes terribles en ce jour de désolation pour l'armée de Wissinie.

Durant toute la nuit, les soldats envahisseurs errèrent dans la vaste plaine des Basses Terres, chassés par les jeunes guerriers de toutes les

Le magicien des Basses Terres

tribus qui trouvaient là une occasion inespérée pour obtenir des trophées de guerre. Au lendemain de ces journées noires pour le général Endokay, les hommes de troupe, déguenillés et méconnaissables, abandonnant sur place leurs armes, leurs drapeaux, oriflammes et armoiries, franchissaient la frontière par petits groupes sous la risée des populations locales. C'est à peine si la moitié de l'armée put rentrer en Wissinie, avec peine, après que le général Endokay eut signé un traité de reddition totale.

Le magicien des Basses Terres

La princesse Shayana avait donné rendez-vous aux chefs de guerre à l'endroit même où ils s'étaient rencontrés avant la bataille. La joie se lisait sur tous les visages et la princesse, rayonnante, prenait un plaisir visible à accueillir, les unes après les autres, les délégations des tribus locales. On pouvait même apercevoir, sur la table au centre de la tente, des pichets de vin destinés à trinquer à la victoire du royaume de Jadhésie sur l'assaillant wissinien.

Mais, l'instant le plus poignant fut ressenti lorsque la délégation des Nowanguis entra dans la tente, Dolan en tête, suivi des Yotasum, de Yogan et de Wirod. Le silence se fit aussitôt spontanément en signe de respect de la part de l'ensemble des participants présents dans l'assemblée. Les quatre hommes s'inclinèrent, comme il se doit devant la princesse, mais celle-ci les fit relever prestement.

Puis, la princesse Shayana prit un gobelet sur la table, y versa une boisson ambrée contenue dans l'un des pichets et l'offrit en premier à Dolan. Elle répéta ce geste pour les quatre chefs de tribus et une dernière fois pour elle-même. Ensuite, elle porta le récipient au niveau du front et déclara :

— Buvons ensemble à cette belle victoire, dit-elle en avalant une gorgée.

Tous burent pour célébrer cette victoire et chacun y alla de sa formule de vœux dans ces circonstances de réjouissance.

— Cette journée restera à jamais gravée dans l'histoire du royaume de Jadhésie, poursuivit-elle, et désormais, les liens qui unissent vos populations au Roi seront placés sous le sceau du respect et de l'amitié. Je suis fière de vous tous et de mon pays !

Les chefs de tribus, peu sensibles aux exhortations patriotiques, avaient retenu cependant que la contrée devrait, dorénavant, être épargnée du genre de mésaventures subies lors des exactions des troupes royales. Puis, la princesse s'approcha de Yogan :

— Emissaire Yogan, dit-elle, on m'a rapporté que votre science militaire a conçu une arme terrifiante qui a mis en déroute, à elle seule, l'armée de Wissinie. Quelle est donc la nature de

Le magicien des Basses Terres

cette invention qui a provoqué la panique et la désolation dans les rangs ennemis ?

Tout le monde avait entendu parler de cette arme diabolique dont les grondements retentissants n'avaient d'égal que les dégâts occasionnés aux ennemis sur le champ de bataille. Tous les regards s'étaient portés sur le « magicien ».

— Princesse Shayana, dit Yogan, il s'agit d'un composé détonnant dont je ne peux dévoiler le secret …

— Lorsque la princesse royale te questionne, tu réponds ! objecta l'un des officiers de l'armée aux côtés de Shayana en s'avançant vers Yogan, la main sur l'épée.

Aussitôt, Wirod fut le premier à s'interposer entre le militaire et Yogan, lui aussi la main sur son épée.

— On ne touche pas à Yogan ! dit fermement le jeune guerrier nowangui.

— Messieurs ! allons, du calme ! intervint la princesse en séparant les belligérants. Nous n'allons pas gâcher la fête de cette belle journée avec ces querelles infantiles !

— Yogan, enchaîna-t-elle, tu me dis que tu ne peux dévoiler le secret de cette arme, pour quelle raison ?

— Princesse Shayana, répondit Yogan, c'est à cette condition expresse que l'on me l'a confié. Ce sont des maîtres artificiers orientaux qui m'ont donné la formule de ce mélange et qui m'ont fait jurer de ne pas révéler son secret de fabrication parce qu'elle comporte des risques terribles pour ceux qui l'utilisent.

— Bien, je respecte ton serment alors ! admit la princesse. Cette formule aurait donné sans aucun doute un avantage conséquent à l'armée du royaume et l'aurait mis à l'abri de toute invasion, mais, je conçois que la parole donnée doit être respectée …

A cet instant, la princesse fut interrompue par l'entrée mouvementée d'un homme qui venait de descendre de son cheval et qui portait une

Le magicien des Basses Terres

blessure sur le corps. Il était soutenu par deux soldats et l'un d'eux déclara :

— Princesse Shayana, dit-il, cet homme est un messager de votre père, il vient d'arriver avec des nouvelles de Djamabad …

— Princesse, dit l'homme dans un souffle, je suis venu vous prévenir que la capitale est tombée aux mains des envahisseurs du nord, les kadhéliens.

— Et mon père ? demanda Shayana, le visage soudain fermé.

— Il a été fait prisonnier, ainsi que la reine, par le cruel Kamsat Makawah, le roi despote de Kadhélie qui a profité de l'absence de troupes pour prendre la capitale fragilisée.

Shayana ne disait mot et semblait anéantie par la nouvelle de la perte de la capitale en ce jour de victoire sur la Wissinie.

— Et ce n'est pas tout princesse, finit par articuler le messager. Le conseiller Katayun Ehsan a agi en traitre, car c'est lui qui a livré la capitale aux kadhéliens en donnant ordre aux troupes fidèles de la capitale de se diriger vers la frontière du sud, là où vous étiez censé vous battre !

— Le conseiller Katayun Ehsan est un traitre ? ragea la princesse, cela ne me surprend qu'à moitié, il le paiera de sa vie ! je le jure !

— Princesse Shayana, dit doucement Yogan, vous êtes à présent ici pour un certain temps, alors il faut vous installer plus en sécurité, car il n'est pas exclu que vous soyez visée par un attentat.

XIII -   KAMSAT MAKAWAH

Kamsat Makawah, roi de Kadhélie, était un homme grand et sec. Son visage ingrat était d'une blancheur cadavérique et ses yeux porcins et inexpressifs ne cillaient jamais. Pour l'heure, il était assis sur le trône, dans la grande salle où, Odin Ier, le souverain de la dynastie des Shabnam, tenait ses audiences pour entendre ses sujets. Il était entouré, comme toujours, par sa garde personnelle, car il avait la phobie d'un attentat et il se méfiait de tout le monde. La foule des courtisans qui d'ordinaire se pressait autour du souverain avait disparu et seuls, le conseiller Katayun Ehsan, ainsi que Windrakar, l'ex-chef des Boungaris, formaient son auditoire.

— Sire, disait le conseiller Ehsan, j'ai acquitté ma part du contrat et j'attends en retour que vous accomplissiez la vôtre. Je vous ai livré le roi et la reine, ainsi que la capitale Djamabad, avec tout le royaume des Shabnam …

— Tu oublies une chose, Ehsan, interrompit Makawah, la princesse Shayana est encore en liberté avec une partie de l'armée qui est restée fidèle au roi. Cela n'était pas prévu et le marché que nous avions conclu n'est donc pas complètement parachevé. Tu auras ce que je t'avais promis lorsque tu le mériteras c'est-à-dire lorsque la Jadhésie sera totalement conquise, ce qui n'est pas encore le cas.

— Mais, Sire, objecta le conseiller Ehsan, elle est exilée dans une province du sud avec une poignée de soldats à cinquante lieues de la capitale (*NDLA : une lieue correspond à une distance de quatre kilomètres environ*). Elle est donc insignifiante et ne représente plus aucun danger. Il suffit d'envoyer quelques troupes pour la capturer …

Le magicien des Basses Terres

— Rien ne me dit que tu aies raison, répliqua le roi de Kadhélie, les troupes que tu as envoyées dans le sud peuvent se retourner contre nous si nous prenons la direction du sud. Et puis, je n'ai nullement confiance en toi, celui qui a trahi une fois … pourrait réitérer n'est-ce pas ? alors, il est hors de question que j'envoie des troupes dans le sud du pays loin de Djamabad. D'autant plus que les principales richesses sont ici tout près de la capitale, les mines d'or et d'argent … les mines de cuivre … bref ! si tu veux être payé, il t'appartient d'achever ta part du marché et de me livrer la princesse ! maintenant, tu peux disposer, toi et ton complice …

Le conseiller Katayun Ehsan fit une grimace explicite, puis, accompagné de Windrakar, ils quittèrent la grande salle du palais, pour se retrouver dans un salon plus éloigné.

— Ce perfide Makawah n'a aucune parole ! constata le conseiller. Il a profité de nos largesses pour prendre Djamabad, mais il fera tout pour ne pas tenir ses promesses et ne pas s'acquitter des obligations de son contrat !

— Comment allons-nous ramener la princesse Shayana, comme l'exige Makawah ? demanda Windrakar.

— Je ne vois qu'une solution, répondit Ehsan, c'est de lui annoncer que si elle ne vient pas se rendre ici-même, nous allons exécuter le roi et la reine !

— Crois-tu que cela suffira pour la décider à se rendre ? interrogea Windrakar.

— Je l'espère car c'est notre seule chance, mais je n'en suis pas certain ! répondit le conseiller. Je la connais assez pour savoir qu'elle a du caractère et qu'elle met l'amour de son pays au-dessus de toute autre considération …

Le magicien des Basses Terres

La princesse Shayana était hébergée dans la cité de "Kotha-Yogan", dans une maison qui lui avait été allouée. Elle résidait désormais sous bonne garde au milieu de la population des Nowanguis qui subvenait à ses besoins, tandis que la troupe des fidèles soldats avait établi son campement dans la plaine des Basses Terres, tout près de la cité. Philéor Katawam, l'un de ses fidèles officiers de la garde prétorienne, celui-là même qui avait eu une altercation avec Wirod, était affecté à la sécurité rapprochée de la princesse.

La princesse Shayana conviait fréquemment Yogan et Wirod pour évoquer avec eux la situation militaire et aussi le moyen de reprendre la capitale du royaume.

— Princesse Shayana, demanda Yogan, pour quelles raisons Kamsat Makawah, le roi de Kadhélie, a-t-il profité de la situation pour attaquer la Jadhésie ?

— Kamsat Makawah est un homme d'une grande bassesse, répondit-elle, les kadhéliens sont nos ennemis héréditaires et ils convoitent depuis toujours les richesses de notre pays, mais leur lâcheté n'a d'égal que leur indignité. Ils n'auraient jamais attaqué notre pays si les troupes n'avaient été envoyées dans le sud par ce traitre d'Ehsan.

— Et où sont ces troupes à présent ? interrogea Wirod.

— D'après mes informations, dit-elle, elles sont positionnées après la « passe de la mort », un peu désemparées semble-t-il, au point que certains officiers hésitent entre se rallier au conseiller Ehsan ou bien nous rejoindre ici.

— Oui, cela semble naturel, remarqua Yogan avec un léger sourire, après un tel événement, la tendance est de chercher à rejoindre le camp qui sera le vainqueur au final, mais c'est aujourd'hui difficile à prévoir, d'où leur hésitation. Il suffirait d'un petit coup de pouce pour les inciter à vous rejoindre.

— Sans doute Yogan, déclara Shayana, mais qu'appelles-tu donc « un petit coup de pouce » ?

Le magicien des Basses Terres

— Un fait d'arme marquant ! fit observer Yogan, quelque chose qui donne une indication claire sur l'issue de cette confrontation et si possible que cela nous désigne comme le favori, bien sûr.

— Je n'ai personnellement aucune idée de ce que nous pouvons faire pour provoquer ce choc psychologique qui pourrait faire pencher l'avenir en notre faveur, avoua la princesse. Nous n'avons aucune idée de l'importance des troupes ennemies qui nous ont envahies.

— Princesse Shayana, déclara Wirod vaillamment, sachez que si vous décidez de partir reconquérir la capitale et le royaume, je serais à vos côtés ainsi que de nombreux guerriers en provenance de toutes les tribus locales !

— Merci Wirod, répondit la princesse avec un petit sourire, cela vous honore et cela me fait chaud au cœur de savoir que nous avons de précieux amis ici, mais il est hors de question que je me lance sans savoir à quoi on doit s'attendre et que je mette ainsi mes soldats et mes soutiens en péril !

— Quel est le royaume voisin et ami qui pourrait vous venir en aide ? questionna Yogan.

— Hélas, je ne vois pas … répondit la princesse après une courte réflexion. Le seul pays qui ne nous ait jamais causé d'ennui c'est l'empire de Soumânie, avec l'impératrice Syeda Shahid à sa tête. Il s'agit d'un pays pacifique dont la capitale est Syranem, peuplé de pauvres éleveurs, situé au nord-ouest, et qui est frontalier à la fois de la Kadhélie et de la Jadhésie. Nous n'avons eu par le passé que très peu de relations avec ce grand empire qui joue un rôle politique mineur dans la région. Quelle est donc votre idée, Yogan ?

— Mon idée est toute simple, dit le « magicien », si l'on pouvait rendre la pareille à Kamsat Makawah et lui jouer le même tour qu'il a fait à la Jadhésie, cela serait un événement qui ferait pencher la balance de votre côté, ne croyez-vous pas ?

Le magicien des Basses Terres

— Sans aucun doute, reconnut Shayana, mais comment pouvons-nous décider les Soumâniens de nous aider à prendre Bâyalem, la capitale de la Kadhélie et retourner la situation ?

— Je ne sais pas, admit Yogan, mais c'est une idée à creuser. Il doit bien y avoir quelque chose qui pourrait intéresser cette impératrice et qui pourrait l'amener à négocier son aide ...

— J'ai beau chercher, je ne vois pas ce qui pourrait constituer une monnaie d'échange avec la Soumânie, se désola la princesse.

— Eh bien, je vous propose d'aller jusque chez elle pour lui en parler, déclara sérieusement Yogan, il me faudra quelques jours de voyage pour atteindre Syranem, cela me donnera le temps d'y réfléchir !

— J'accepte Yogan, déclara Shayana, je te nomme émissaire officiel de Jadhésie avec le pouvoir de négocier une éventuelle participation des Soumâniens dans le but de nous aider et je tiendrai les engagements que tu serais amené à prendre dans ce sens !

XIV -   SYEDA SHAHID

Une fois encore, Yogan voyageait avec Yotasum, le « maître du feu », car celui-ci connaissait le chemin pour se rendre à Syranem, capitale de Soumânie. Sachant qu'ils allaient traverser une région désertique et qu'il n'y avait que très peu de lieux habités, ils avaient choisi de prendre un charriot, tiré par deux chevaux, chargé d'un maximum de produits en tous genres.

Comme prévu, ils avaient cheminé pendant cinq jours sur une route déserte jusqu'à l'arrivée aux environs de la capitale. Ce qui marquait les esprits, c'était les longues étendues de terre aride, sans relief, privées d'eau et fréquentées par quelques éleveurs de moutons, de chèvres ou de maigres vaches qui avaient du mal à trouver leur nourriture. A l'approche de Syranem, on pouvait apercevoir au loin les habitations de pierre blanche du centre-ville, alors que la banlieue n'était qu'une suite ininterrompue de bidonvilles peuplés de pauvres gens qui regardaient, ébahis, ces étrangers déambuler parmi les amas de détritus.

— Ce peuple me paraît avoir d'autres préoccupations que celle de faire la guerre ! déclara Yotasum.

— Oui, confirma Yogan. Mais un peuple qui a faim est prêt à tout pour en sortir ...

Ils demandèrent la direction de la résidence de l'impératrice Syeda Shahid, grâce à Yotasum qui savait s'exprimer dans un dialecte local. Ils finirent par atteindre ce qui paraissait être le cœur de la cité, avec une grande place au milieu de laquelle se trouvait ce qui était manifestement le palais de l'impératrice de Soumânie. Devant la grande grille d'entrée, ils s'adressèrent aux gardes qui contrôlaient l'accès à l'intérieur du bâtiment.

Le magicien des Basses Terres

— Qui êtes-vous et que voulez-vous ? demanda l'officier de garde.

— Nous sommes des émissaires de la princesse Shayana Shabnam du royaume de Jadhésie, répondit Yotasum, et nous apportons un message pour la reine Syeda Shahid.

— Et quel est donc ce message ? insista le garde.

— Son caractère confidentiel nous interdit de le livrer à quelqu'un d'autre que Syeda Shahid, affirma le « maître du feu ».

— Bien, alors veuillez patienter ! ordonna le militaire.

Quelque instants plus tard, le garde revint et déclara :

— L'impératrice Syeda Shahid va vous recevoir, dit-il, mais vous devez vous délester de vos armes ici !

L'homme prit un air très surpris lorsqu'il vit le grand sabre que Yogan portait dessous sa tunique. Puis, il les conduisit à l'intérieur du palais où la reine les attendait dans une modeste pièce chichement meublée. Syeda Shahid était une femme d'un âge mûr qui avait conservé une allure très jeune et féminine. Elle jeta un regard insistant sur les deux hommes, et plus particulièrement sur le plus jeune des deux qui se déplaçait avec légèreté et qui cachait son visage derrière une capuche ample.

— Vous êtes envoyés par la princesse Shayana, de Jadhésie ? observa-t-elle.

— Oui majesté, répondit Yotasum. Nous avons un message de sa part ...

Ils eurent la surprise d'entendre l'impératrice s'exprimer en jadhésien, ce qui amena Yotasum à lui demander où elle avait appris cette langue.

— Lorsque j'avais sept ans à peine, dit-elle, mon père m'a envoyée en Jadhésie, à Djamabad la capitale, où se trouvait un précepteur célèbre et c'est ainsi que j'ai appris le jadhésien. Mais, vous, qui êtes-vous ? veuillez vous présenter je vous prie ...

Le magicien des Basses Terres

> — Je m'appelle Yotasum, déclara le « maître du feu », de la tribu des Nowanguis, de la province des Basses Terres, et voici celui que l'on nomme Yogan ...

L'impératrice Syeda Shahid jeta un regard insistant sur l'homme à la large tunique dont le visage était à demi caché par une capuche.

> — Yogan, interrogea-t-elle, serais-tu cet homme dont on parle tant, ce sorcier qui est maître de la foudre et qui a réussi à défaire, à lui tout seul, l'une des plus grandes armées de Wissinie ?

> — Eh bien, majesté, répliqua Yogan, tout cela n'est autre qu'une chimère populaire qui ne repose sur rien de sérieux. L'armée de Wissinie a été battue par les troupes de Jadhésie auxquelles se sont jointes les tribus des provinces du sud ...

L'impératrice continuait de dévisager le « magicien » avec insistance, comme si elle voulait montrer qu'elle ne le croyait qu'à moitié.

> — La princesse Shayana, avez-vous dit ? poursuivit-elle avec un sourire. Mais, la Jadhésie n'a-t-elle pas été conquise par Kamsat Makawah, qui se serait emparé de Djamabad, mais aussi du roi et la reine qu'il détiendrait prisonniers ?

> — Oui majesté, admit Yotasum.

> — Alors, est-ce bien la princesse qui représente son pays aujourd'hui ? ou bien n'a-t-elle plus que les yeux pour pleurer ? enchaîna-t-elle avec un regard moqueur.

> — La princesse Shayana est toujours en liberté, majesté, et une bonne partie de l'armée de Jadhésie lui est restée fidèle, remarqua Yotasum. Mais elle a besoin de votre aide pour reconquérir le trône de son père et c'est la raison pour laquelle elle nous envoie ici ...

> — Voyez-vous ça ! railla l'impératrice, vous venez jusqu'ici pour réclamer mon aide ! et quelle raison, ou bien quelle déraison devrais-je dire plutôt, m'amènerait-elle à faire cette folie ? les troupes du perfide Kamsat Makawah sont bien plus puissantes

Le magicien des Basses Terres

que la modeste armée de Soumânie ! alors pourquoi devrais-je envisager de faire une chose pareille ?

— Majesté, la princesse Shayana est prête à vous dédommager à hauteur de vos prétentions, répondit Yotasum, quel qu'en soit le prix !

— Eh bien, se moqua l'impératrice, la princesse Shayana ne dispose plus aujourd'hui du trésor des Shabnam, car je suppose que celui qui est au palais a fait main basse sur les richesses du royaume de Jadhésie. Autrement dit, vous me demandez de prendre le risque immédiat de jeter mon pays dans une guerre dont l'issue est pour le moins incertaine, alors qu'aucune garantie ne m'est apportée en contrepartie, au mieux est-elle hypothétique, n'est-ce pas ?

Yotasum ne voyait pas comment réfuter l'argument de la souveraine de Soumânie et s'apprêtait à capituler.

— D'ailleurs, enchaîna l'impératrice, je ne vois qu'un intérêt limité à recevoir un paiement en or, en argent ou bien en cuivre, pour autant qu'il soit un jour versé, car, en réalité, mon peuple souffre de la faim et ces richesses ne peuvent être consommées …

— Majesté, intervint alors Yogan qui n'avait rien dit jusque-là. La Jadhésie dispose d'une richesse bien plus importante pour vous que ses mines de métaux précieux …

Syeda Shahid se tourna vers Yogan et le dévisagea longuement avant de répondre :

— Ah oui ? dit-elle, et quelle est donc cette richesse ?

— L'eau, majesté, la Jadhésie regorge d'eau, rétorqua le « magicien ». Pour venir jusqu'ici, nous avons traversé ta contrée qui est d'une grande pauvreté et l'on voit que ce qui manque le plus c'est de l'eau. De l'eau pour les cultures, de l'eau pour l'arrosage des pâturages, de l'eau pour faire boire les animaux, de l'eau pour se laver, de l'eau pour se purifier …

Le magicien des Basses Terres

— C'est exact ! interrompit l'impératrice avec un sourire triste, mon pays est sec, il ne pleut presque jamais, mais la princesse Shayana peut-elle faire pleuvoir ? à moins que ce ne soit toi, le sorcier, qui sache faire pleuvoir ?

— Non, majesté, je ne sais pas faire pleuvoir, répondit Yogan de sa voix calme et apaisante. Mais je sais qu'il est possible de dévier le cours du fleuve Anahrog pour amener l'eau jusqu'à certaines de tes terres …

— Allons, questionna la souveraine, tu prétends que les eaux de ce fleuve qui coule à des lieux de la Soumânie, seraient tout à coup galopantes sur mon territoire ? et par quel miracle je te prie ?

— Grâce à un canal majesté, répondit Yogan toujours aussi serein, un canal qui détournera et conduira une partie des eaux du fleuve jusqu'à l'endroit que tu auras choisi.

— Sauras-tu faire cela ? demanda l'impératrice après un instant d'hésitation.

— Non, pas moi majesté, concéda-t-il, mais les érudits de Jadhésie savent faire cela.

— Toi Yogan, interrogea-t-elle, prendrais-tu l'engagement que la Jadhésie fera cette réalisation ?

— Oui, majesté, déclara sans hésiter le « magicien », j'en prends l'engagement au nom de la princesse Shayana. Mais, c'est à la condition que tu aides la princesse contre ce diabolique Kamsat Makawah …

Durant un long moment, Syeda Shahid sembla réfléchir à la proposition que l'on venait de lui faire et on sentait qu'elle était partagée entre l'envie de renvoyer ces émissaires de la princesse et le rêve de voir son pays qu'elle avait toujours connu sec et aride, devenir comme une oasis en plein désert.

— Je vais te faire confiance Yogan, finit-elle par dire, je vais passer ce marché avec toi, en espérant que tu n'es pas le diable. Mais, si tu devais me tromper, sache que je n'aurai de cesse de te voir

Le magicien des Basses Terres

décapité par mes soldats sur la place qui est là dehors et devant tous les Soumâniens, après t'avoir arraché la langue moi-même !

— Soit bénie de ton peuple, impératrice Syeda Shahid, déclara Yogan en se prosternant, tu viens de prendre la décision qui fera de toi la souveraine la plus populaire de l'histoire de ton pays !

XV -   BÂYALEM

C'était une belle journée d'un printemps précoce qui avait apporté une température clémente grâce à un bel ensoleillement dans un ciel sans nuage. Les rues de Bâyalem, la capitale de Kadhélie, étaient remplies de monde car c'était jour de marché. Les étals, chargés de toutes les denrées de la région, étaient dressés un peu partout dans le quartier du centre et plus particulièrement sur la grande place qui jouxtait le palais royal.

Soudain, une horde sauvage venue d'on ne sait où et composée de plusieurs centaines d'hommes en guenilles, armés d'épées, de lances et de gourdins, déferla sur la cité, saccageant, pillant et parfois même tuant tout ce qui se trouvait sur son passage. La population, affolée, s'enfuyait et se cachait tandis que les militaires chargés de la sécurité tentaient de s'organiser. Mais, leur nombre était trop faible et en premier temps, les assaillants prirent le dessus sur les forces de l'ordre, provoquant ainsi des pertes importantes dans les rangs de la troupe locale.

L'impératrice Syeda Shahid avait décidé de libérer plusieurs centaines de voleurs et condamnés à mort en leur promettant leur réhabilitation contre leur participation au pillage de la capitale kadhélienne. C'est ainsi que l'armée soumânienne avait conduit les prisonniers jusqu'à la frontière et leur avait donné quelques armes avant de les lâcher sur Bâyalem. Ils ne portaient ni emblème, ni drapeau, ni marque distinctive de leurs origines dans le but de protéger l'empire de Soumânie.

La surprise fut totale et ces hommes sans scrupule, surgis du néant, firent d'énormes dégâts avant de disparaitre comme ils étaient venus. Mais, ils avaient pris soin de pénétrer dans les maisons des notables et de voler les biens les plus précieux. Ils avaient réussi à semer la

Le magicien des Basses Terres

panique dans la population de Bâyalem, qui se croyait à l'abri d'une telle agression, et à marquer les esprits à tel point que cela déclencha une remise en cause de l'autorité du roi. En effet Kamsat Makawah, le roi de Kadhélie, installé désormais à Djamabad, n'avait pas que des amis dans les hautes sphères de l'état-major de son armée et certains généraux en profitèrent pour prendre l'initiative et décréter la prise du pouvoir par une assemblée de notables citoyens hostiles au dictateur.

Il fut décidé que Kamsat Makawah, le tyran, était destitué et déclaré traitre à la nation. Ses principaux amis dans Bâyalem, la capitale, furent arrêtés et mis en prison en attendant d'être jugés. L'assemblée de notables citoyens ordonna à l'armée du pays de mettre fin à la guerre avec la Jadhésie.

Le magicien des Basses Terres

Kamsat Makawah fut rapidement informé de la situation par un messager qui venait tout droit de la capitale et qu'il reçut en compagnie du conseiller Katayun Ehsan :

— Sire, expliqua l'estafette, avec l'aide de généraux opportunistes, Bâyalem, la capitale, est tombée aux mains des familles qui sont opposés depuis toujours à ta politique. Ils ont instauré une assemblée de citoyens factice qui n'a pour but que de spolier le trône !

— Mais, comment est-ce arrivé ? s'extasia le roi de Kadhélie.

— Sire, une horde de brutes sauvages a envahi la cité un jour de marché, répondit le messager, a tué d'honorables marchands et a pillé les plus riches maisons du centre de la cité, appartenant à ceux-là même qui ont pris le pouvoir pour mettre fin à ta politique expansionniste, disent-ils, qui les prive de protection au sein même de leur maison.

— Et d'où venaient ces gens qui ont tout saccagé ? demanda Kamsat Makawah.

— On ne sait pas, Sire, ils ne portaient aucune armoirie, aucune bannière et n'ont fait valoir aucune revendication, dit le messager. Quelques-uns d'entre eux ont été capturés et il semblerait que ce soient des bagnards venant de Soumânie, des individus n'ayant rien à perdre et motivés seulement par l'appât du gain …

— Des Soumâniens ? s'exclama le roi incrédule, c'est donc cette catin de Syeda Shahid qui serait à l'origine de cette attaque ? elle a osé attaquer notre grand pays ? elle, qui est à la tête d'une nation de bouseux, incapables de se battre …

— Cela n'était pas une armée, Sire, remarqua le messager, mais plutôt une bande de pillards affamés et sauvages.

— C'est bien ce que je dis ! ragea Kamsat Makawah. Elle me le paiera cette impératrice de pacotille ! où sont allées les troupes qui me sont restées fidèles ?

Le magicien des Basses Terres

— Sire, révéla le messager, les quelques soldats qui ont montré de la réticence à suivre les généraux factieux ont été jetés en prison, et il ne reste plus aucun corps d'armée qui ait résisté à la purge ! moi-même, c'est un véritable miracle si j'ai pu m'échapper pour te prévenir …

— Bon sang ! lâcha le roi, tu veux dire que je n'ai plus d'armée pour aller me venger de cette félonie ?

— Oui, Sire, c'est malheureusement exact ! approuva le messager. De plus, les troupes jadhésiennes qui étaient massées au nord de Djamabad ont basculé en faveur de la princesse Shayana et nous coupent toute retraite vers la Kadhélie et Bâyalem, tandis que celles que le conseiller Ehsan avait envoyées rejoindre le front du sud ont définitivement rejoint la cause de la princesse …

— Quoi ? s'exclama le conseiller Ehsan, tu veux dire que nous sommes encerclés ? coincés entre les armées de Jadhésie au nord et au sud ?

— Oui, conseiller Ehsan, confirma le messager.

— Les seules troupes qui nous soient fidèles sont ici, dans Djamabad, constata Kamsat Makawah, et elles ne résisteront pas longtemps à un assaut lancé par les jadhésiens. Désormais, notre unique monnaie d'échange, c'est le couple royal, Odin Ier et son épouse …

— Sire, fit observer le conseiller Ehsan, j'ai fait en sorte que la princesse Shayana soit informée que, si elle ne vient pas ici se constituer prisonnière, nous tuerons le roi et la reine, ainsi, j'ai bon espoir que nous puissions détenir l'ensemble de la famille, et dans ce cas, nous serons reconnus comme les maîtres de l'autorité devant la population de Jadhésie !

Le magicien des Basses Terres

La princesse Shayana avait réuni tous les chefs de tribus pour évaluer la situation à la suite des événements récents. Outre Dolan, Yotasum, Wirod et Yogan, les Boungaris étaient représentés par Yazamok, les Timanaks par Waitang et les Kawanabis par Kolchan. La princesse était accompagnée par Philéor Katawam, son officier garde du corps.

> — Je vous remercie d'être venus, dit-elle, mais je dois prendre une grave décision et je ne me sens pas mieux entourée pour cela que par vous-mêmes …

Tous les chefs présentèrent leurs gages de respect et de soumission à la future reine de Jadhésie, puis, Shayana prit la parole :

> — Pour ceux qui ne sont pas encore informés des dernières nouvelles, dit-elle, sachez que Yogan a réussi à persuader Syeda Shahid, l'impératrice de Soumânie, d'entrer en action pour nous aider dans ce conflit qui nous oppose à la Kadhélie. Je remercie chaleureusement Yogan d'avoir su négocier avec la souveraine. La capitale Bâyalem a donc fait l'objet d'une attaque qui a mis le désordre chez les amis du roi tyran et qui a finalement provoqué la destitution de celui-ci.

> — A la faveur de cet événement qui a fait le tour du royaume, poursuivit-elle, nos troupes stationnées dans la région nord de Djamabad ont fait allégeance au Roi Odin Ier, et l'autre partie de notre armée, qui campait au sud de la capitale nous a rejoint. Ainsi, Kamsat Makawah et son sinistre compère le conseiller Ehsan sont seuls, piégés dans la capitale avec le reste de sa troupe qui lui est restée fidèle.

Un murmure de satisfaction parcourut l'assemblée.

> — Désormais, enchaîna la princesse, ces deux tristes personnages n'ont plus rien à perdre et ont fait en sorte de me défier en menaçant d'assassiner mon père Odin Ier et ma mère qu'ils détiennent en otages. Je suis donc aujourd'hui obligée de choisir entre me rendre et capituler avec mon armée ou bien de marcher sur Djamabad pour les capturer et sacrifier mes parents à la gloire du pays. Voici donc le dilemme devant lequel je suis placée …

Le magicien des Basses Terres

Elle termina sa phrase dans un long sanglot, montrant ainsi qu'elle pouvait être forte comme une vraie guerrière mais qu'elle pouvait aussi éprouver une grande sensibilité. L'assistance parut tout à coup abattue d'apprendre que ce qui avait l'apparence d'une victoire se transformait soudain en situation quasi inextricable.

— Il s'agit là d'un choix qui vous appartient totalement, princesse Shayana, déclara Yotasum qui se posait ainsi comme l'homme sage de l'assemblée. Nul d'entre nous ici ne peut se prononcer sur une telle décision dont les conséquences vous affectent aussi personnellement.

— Princesse Shayana, enchaîna Philéor Katawam son aide de camp, d'une voix grave, vous êtes légitimement partagée entre deux amours qui vous sont les plus chers, vos parents et votre patrie. Mais, vous représentez l'avenir de notre nation et, pour ma part, je ne peux me résoudre à vous voir, vous-même ainsi que le royaume de Jadhésie, aux mains de ces despotes. Je crois, malgré la difficulté de la décision, que vous êtes plus nécessaire à notre pays et que vous devez faire le choix de reprendre la capitale plutôt que le chaos qui résulterait de votre reddition.

— Princesse, reprit aussitôt après Wirod, regardez autour de vous, et vous verrez tous vos sujets prêts à se battre pour le futur de ce grand pays dont vous portez tous les espoirs. Vous rendre à ces infâmes tortionnaires ne ferait que détruire un peu plus la Jadhésie car, soyez-en certaine, ils ne vous feront pas le cadeau de laisser vos parents en vie dès lors qu'ils vous auront entre leurs mains.

— Princesse, je crois que Wirod a raison, intervint Yazamok. Je crains moi aussi, hélas, que ces deux traitres n'aient aucune dignité et qu'ils ne se débarrassent de tous ceux qui ne leur serviront plus à rien. Si vous vous rendez à eux, ils tueront vos parents devenus inutiles. Donc, dans toutes les hypothèses, je ne suis pas optimiste sur les chances de survie du roi et de la reine, à terme …

Le magicien des Basses Terres

— Je ne peux me résoudre à prendre une telle décision, affirma la princesse sur un ton accablé, vous me conseillez de creuser la tombe de mon père et de ma mère, cela m'est impossible … même l'amour que j'ai pour mon pays ne vaut pas que je condamne ma propre famille à périr, c'est trop me demander …

— Eh bien alors la solution s'impose ! asséna Yogan qui sortait de son mutisme.

— C'est-à-dire ? demanda l'officier Philéor Katawam.

— Nous allons, nous-mêmes, livrer la princesse Shayana à ceux qui sont momentanément en position de force … déclara tranquillement le « magicien ».

— Quoi ? Vous n'y pensez pas ! s'insurgea Philéor Katawam en s'interposant devant la princesse une main sur la poignée de son épée. La princesse est sacrée, elle ne se rendra pas !

Wirod se mit à regarder Yogan avec étonnement tandis que Yotasum pensa que le « magicien » allait sans doute sortir une nouvelle fois un tour dont il avait le secret.

— J'ai bien dit que « nous allions la livrer », précisa Yogan avec un léger sourire, et non pas qu'elle allait se rendre.

— Je ne vois pas la différence, s'écria l'officier d'une voix ferme, on ne touche pas à la princesse !

— On ne touche pas à la princesse, déclara Yogan, sauf si elle y consent, n'est-ce pas princesse Shayana ?

Totalement pris au dépourvu par cette répartie, l'officier se tourna vers la jeune femme et attendit sa réaction.

— Laissez parler Yogan, demanda Shayana, j'ai une confiance absolue en sa loyauté et en sa sagesse. Parle Yogan ! quelle est ton idée ?

— Faire mine de te livrer princesse Shayana est un bon prétexte pour s'introduire dans le palais, expliqua Yogan. Une fois dans la place, il nous faudra saisir toute opportunité qui se présentera pour prendre le contrôle de la situation, le temps que nos forces et les soldats de Jadhésie s'emparent du palais et du royaume.

— Mais c'est extrêmement risqué ! constata Dolan, on ne peut pas prévoir ce qui va se passer et encore moins si une opportunité va se présenter. Alors, la vie des otages sera en danger et celle de la princesse également ...

— Oui, Dolan, tu as raison, reconnut Yogan, il s'agit d'une opération très risquée, mais je crois que c'est la seule qui convienne à l'état d'esprit actuel de la princesse ...

— Oui, dit la princesse Shayana, Yogan a parfaitement compris que la seule solution c'est celle qui me donne une chance de libérer mon pays ainsi que les miens, c'est-à-dire de gagner sur toute la ligne ...

— Ou bien de tout perdre ... conclut Dolan en chuchotant.

XVI -   DJAMABAD

Quelques jours suffirent pour monter l'opération, soigneusement préparée avec Yogan, qui avait pour but de libérer à la fois le pays et le couple royal. En premier lieu, des émissaires avaient été envoyés dans le nord du pays pour donner des instructions aux troupes royales en prévision de la libération de la capitale. Elles devaient se rapprocher au plus près de Djamabad et investir les rues de la cité au signal convenu. L'ensemble des troupes stationnées dans la plaine des Basses Terres avait déjà fait mouvement en direction de la capitale pour prendre en étau l'armée de Kadhélie qui occupait encore la cité.

En second lieu, les chefs de tribus avaient tous contribué en mettant à disposition leurs meilleurs guerriers, soit au total une centaine de combattants. Parmi eux, on trouvait évidemment Wirod, mais aussi Tsimshian, un guerrier timanak célèbre pour sa force herculéenne et Ghaskur, un guerrier boungari connu pour son adresse au tir à l'arc, ainsi que beaucoup d'autres triés sur le volet. Les Nowanguis avaient dépêché une dizaine d'arbalétrières dont l'adresse au tir était devenue une spécialité reconnue. Tishan le forgeron et Yotasum, le « maître du feu », étaient également du voyage car ils avaient eux-aussi un rôle précis à jouer.

Afin de gagner du temps, sur les conseils de Yogan, ils utilisèrent des pirogues pour voyager jusqu'à la capitale. C'est ainsi qu'environ une quinzaine d'embarcations transportant les guerriers prit la direction de Djamabad, voguant grâce au courant du fleuve Anahrog qui reliait directement "Kotha-Yogan" à la capitale. C'était un moyen rapide pour faire en douze heures la distance entre les deux cités alors qu'à cheval il fallait compter entre quatre et six jours.

Ils arrivèrent dans les environs de Djamabad à la tombée de la nuit et débarquèrent en amont pour se diriger ensuite vers le centre de la cité

Le magicien des Basses Terres

en longeant les berges du fleuve. Ils progressaient en prenant soin de ne pas attirer l'attention des gardes postés sur les artères principales de la ville et plus particulièrement celles qui conduisaient au palais royal. Une fois arrivés à proximité de la grande bâtisse qui abritait les souverains mais aussi les casernes de soldats affectés à la surveillance de la zone, la troupe se divisa en deux.

Yogan, avec Wirod, déguisés en soldats de l'armée de Jadhésie, et Philéor Katawam, accompagnés de la princesse Shayana se dirigèrent vers les soldats qui montaient la garde devant le palais, suivis discrètement, non loin derrière eux, de quelques guerriers et des dix arbalétrières, tandis que le reste de la troupe se fondait dans la nuit tout près des casernes de soldats.

Ils approchèrent jusqu'à être arrêtés par les gardes et l'un d'eux, leur chef, appréhenda les intrus :

> — Ne restez pas là ! dit-il, vous n'avez pas le droit de passer dans cette rue, c'est là que se trouve le palais royal.

> — Nous venons voir Kamsat Makawah, roi de Kadhélie, répondit Philéor Katawam, nous avons quelque chose de précieux pour lui ...

> — Et qu'avez-vous donc de si précieux ? demanda le garde en essayant de dévisager dans le noir les individus à qui il avait à faire.

> — Elle ! la princesse Shayana ! répliqua Philéor Katawam en poussant violemment la jeune femme en avant.

Le chef des gardes jeta un regard sur Shayana, vêtue de son armure de cuir, les cheveux défaits et les mains attachées dans le dos.

> — Est-ce la princesse Shayana ? demanda-t-il avec un air admiratif.

> — Oui, répondit Philéor Katawam, c'est elle !

> — Alors, livrez-la-moi, ordonna le garde en s'approchant de Shayana, je me charge de lui remettre le cadeau ...

Le magicien des Basses Terres

— Pas question ! objecta Philéor Katawam, nous voulons de l'or en échange, crois-tu que l'on a fait tout ce chemin pour remplir tes poches ? conduis-nous voir le roi, sinon nous allons la relâcher ...

La situation devenait tendue et Yogan lança un regard furtif vers le fond de la rue dans l'obscurité où se cachaient les guerriers et les arbalétières, prêts à intervenir à son signal. Mais, finalement, le chef des gardes céda devant la détermination du soldat.

— Très bien, suivez-moi ! dit-il en prenant la direction des lourdes portes du palais.

Il dut palabrer un long moment avant d'obtenir l'ouverture des portes et lorsque ce fut le cas, le chef des gardes conduisit le petit groupe dans la grande salle d'audience où Yogan était déjà venu. Là encore, il fallut à nouveau parlementer avant que l'un des gardes ne se décide à aller prévenir le roi qui était en train de se restaurer.

Pendant ce temps, les arbalétrières et les guerriers qui avaient suivi Yogan repartirent rejoindre les autres qui avaient investi les rues adjacentes au palais. Le moment était proche où ils avaient pour objectif de se débarrasser en silence des sentinelles qui gardaient les casernes de soldats. Après que le groupe avec la princesse ait pu entrer dans le palais, la seconde phase délicate de l'opération consistait à liquider les gardiens devant les casernes sans éveiller les soupçons des soldats qui dormaient à l'intérieur.

Le magicien des Basses Terres

Enfin, le roi de Kadhélie apparut accompagné du conseiller Katayun Ehsan et de Windrakar, l'ex-chef des Boungaris, escortés par six gardes du corps lourdement armés. Kamsat Makawah eut un grand sourire lorsqu'il aperçut la princesse Shayana ligotée et vint tout près d'elle :

— Princesse Shayana, dit-il, je suis très heureux de vous accueillir ici.

Le conseiller Ehsan vint également tout près de Shayana le visage triomphant et radieux :

— Ma chère princesse, dit-il, comme on se retrouve, et cette fois tout le plaisir sera pour moi …

— Sale traître ! tu seras châtié ! lui lança la princesse Shayana en tentant de lui cracher au visage.

— Voyons, ma chère, ricana-t-il, vous n'êtes pas en situation de menacer !

Puis, le roi de Kadhélie se tourna vers le chef des gardes :

— Qui sont ces individus et que veulent-ils ? demanda-t-il.

— Majesté, répondit le garde, voici trois soldats de l'armée de Jadhésie qui ont livré la princesse Shayana et qui souhaitent recevoir une récompense …

— Qu'on leur donne quelques victuailles et du vin et qu'on les jette dehors ! aboya le souverain. Qu'ils soient heureux de ne pas servir de dessert aux crocodiles du palais !

Windrakar connaissait Wirod et le conseiller Ehsan avait déjà vu Yogan, mais à présent, ils avaient le visage grimé et ils portaient un uniforme des soldats jadhésiens tout fripé, les rendant ainsi méconnaissables. Puis, au moment où les gardes allaient regrouper les trois hommes qui avaient accompagné la princesse, Philéor Katawam, pour gagner du temps, fit observer :

— Majesté, dit-il, nous avons pris beaucoup de risques pour trahir notre roi et vous amener la princesse, cela ne mérite-t-il pas une récompense ?

Le magicien des Basses Terres

Kamsat Makawah prit un air agacé et se tourna vers les colosses qui faisaient office de gardes du corps :

> — Dehors ! j'ai dit ! ordonna le roi de Kadhélie. Débarrassez-moi de ces …

A cet instant précis, on entendit une violente déflagration qui secoua tout le quartier et ébranla même les murs du palais, à tel point que les meubles vacillèrent et que l'on sentit le plancher vibrer sous l'onde de choc. Une seconde explosion retentit quelques secondes plus tard à peine et l'on put ressentir son souffle d'une puissance effrayante. C'était le signal … le signal de la phase la plus risquée et la plus délicate de l'opération …

Totalement pris au dépourvu par ces explosions dont ils ignoraient la cause, les gardes du corps et leurs chefs restèrent un court instant figés sur place, sans comprendre ce qui se passait. Yogan en profita pour esquisser un pas de danse harmonieux et se glisser derrière la grande carcasse de Kamsat Makawah. Au passage, il prit le poignet du roi et réalisa prestement une clé en bloquant son bras dans le dos, ce qui maintenait le corps en avant, offrant sa gorge sur laquelle Yogan appliqua une fine dague acérée.

> — Un seul geste et je t'égorge ! dit-il doucement à l'oreille du roi.

Les gardes ne savaient pas comment réagir devant la menace de leur souverain, tandis que le conseiller Ehsan commençait à comprendre :

> — Je te reconnais à présent, dit-il à l'adresse de Yogan, tu es cet émissaire des Basses Terres …

Les deux explosions, préparées par Tishan et Yotasum, avaient aussi détruit une grande partie des deux casernes à proximité du palais et les soldats, réveillés en pleine nuit, erraient hébétés parmi les ruines, les flammes et la fumée. Le second groupe des guerriers avait pour mission de neutraliser ces soldats afin d'éviter qu'ils n'interviennent dans le palais. Ils firent de nombreux prisonniers sans grande difficulté étant donné les dégâts occasionnés dans les casernes par les énormes bombes de poudre noire.

Le magicien des Basses Terres

Mais la lueur des explosions dans la nuit, ainsi que le bruit des déflagrations, avait été également le signal pour déclencher le mouvement des armées de Jadhésie, cantonnées à proximité au nord et au sud, en direction de Djamabad pour reprendre la cité tombée aux mains des Kadhéliens.

Les explosions étaient aussi le signal pour les troupes tribales, venues en bateau, d'envahir le palais, et bientôt, Dolan, accompagné de nombreux guerriers, firent irruption dans le palais. Ils entrèrent dans la grande salle des audiences où les gardes furent aussitôt maitrisés.

C'est alors que, dans la confusion générale, le conseiller Ehsan tenta de prendre la fuite, mais Philéor Katawam l'attrapa par le collet et le jeta au sol. Il prit le bras d'une main et de l'autre mit un long couteau sous le nez pour l'immobiliser. Windrakar, quant à lui, se mit à courir en direction des appartements mais il fut stoppé dans sa course par une flèche tirée par l'arc de Ghaskur, le guerrier boungari, qui lui traversa la jambe. Il s'écroula au sol et se mit à hurler de douleur et de désespoir. Wirod s'approcha de lui et le traîna sur le sol pour le mettre avec les autres.

Une fois le calme revenu, la princesse Shayana reprit la situation en main et exigea que soient libérés sur le champ le roi Odin Ier et la reine. L'un des gardes, escorté par Dolan, la princesse Shayana, Wirod et Philéor Katawam, avec cinq arbalétrières qui ouvraient la voie, prit la direction des sous-sols du palais où se trouvaient les cachots de la prison royale. Ils croisèrent plusieurs corps d'armes qui n'opposèrent aucune résistance étant donné qu'à présent, tout le monde savait que la cause du Roi de Kadhélie était entendue.

Ils retrouvèrent le roi Odin Ier et son épouse dans l'une des cellules et, après quelques effusions, tout le monde remonta dans la salle du trône. Le roi de Jadhésie était amaigri et affublé de vêtements crasseux et indignes de son rang, tandis que la reine portait une robe déchirée et sale. Le roi fut mis rapidement au courant de la situation et il prit la parole :

> — Katayun Ehsan et toi Windrakar, dit-il, vous êtes des traitres et, en qualité de ressortissants jadhésiens, vous serez jugés par un

tribunal d'exception. Quant à toi, Kamsat Makawah, tu es un ennemi de mon peuple et tu seras extradé vers ton pays pour y être jugé à présent que les citoyens de Kadhélie ont pris leur destin en main. Les soldats kadhéliens prisonniers seront échangés contre les nôtres qui ont été pris lors des affrontements.

Le magicien des Basses Terres

Quelques jours plus tard, le roi Odin Ier prit l'initiative d'inviter tous les acteurs de cette victoire à un grand banquet, donné dans les jardins du palais, par une belle journée chaude de printemps. La table d'honneur était occupée par le roi et son épouse qui avait pris place face à lui, à l'autre bout de la table. A la gauche du roi, se trouvait la princesse Shayana et à sa droite Yogan, l'homme vers lequel tous les regards se tournaient car il était le grand artisan de ce triomphe. On trouvait ensuite les quatre chefs de tribus des Basses et Hautes Terres, dont la loyauté avait été constante durant toutes ces épreuves, ainsi que les soldats méritants comme Wirod et Philéor Katawam.

A d'autres tables on trouvait tous les guerriers, associés aux soldats de Jadhésie, et la plupart d'entre eux n'avaient jamais vu autant d'ustensiles de cuisine et se demandaient à quoi donc pouvaient-ils bien servir. Le roi leva son verre avec un signe de reconnaissance envers Yogan et déclara :

— Buvons à la longue vie de celui à qui je dois tant de choses, dit-il, et je lui adresse toute ma gratitude car il a fait plus pour son pays, la Jadhésie, qu'aucun de nous ne fera jamais ! merci à toi Yogan !

Tous les invités burent le vin d'honneur d'un trait et en silence, puis ensuite ce fut une multitude de cris de joie en guise de remerciements. A présent ils attendaient que Yogan prenne la parole car c'était la coutume. Celui-ci se leva et regarda longuement tous les invités de la table :

— Merci Majesté, dit-il, mais je ne mérite pas autant d'honneurs. Tous les soldats de Jadhésie, hommes et femmes, quels qu'ils soient, ont droit à notre reconnaissance, car, ils et elles ont été exemplaires. Sans eux, je n'aurais jamais pu, tout seul, abattre le régime du traitre. Alors, mes amis, soyez remerciés pour votre dévouement à la cause juste et légitime que vous avez servie …

— Bravo Yogan, répondit le roi, tu manies l'art du discours comme un véritable homme politique, et presqu'aussi bien que l'art de la guerre !

Le magicien des Basses Terres

— Mes amis, reprit Yogan en ignorant les compliments appuyés du souverain et en se tournant vers les siens, je profite de ce magnifique banquet pour vous adresser mes adieux, car je ne retournerai pas à "Kotha-Yogan", même si une partie de mon cœur restera là-bas ! je garderai au plus profond de moi votre amitié qui m'a enchanté et m'a fait encore plus grandir …

La consternation se lisait sur les visages de ses amis. Yotasum était au bord des larmes et Wirod avait le visage défait, tandis que Dolan gardait la tête basse en signe de respect d'une décision qu'il regrettait. Un silence lourd avait désormais envahi toutes les tables, ce qui tranchait avec l'ambiance de joie qui avait prévalue précédemment.

— Mais, il n'y a pas lieu de faire ces tristes mines, mes amis, enchaina Yogan avec un large sourire, je ne suis pas mort ! bien au contraire, je sors enrichi de cette aventure avec vous et je reprends ma route, tranquille et serein, maintenant que je sais que la Jadhésie peut compter sur vous … buvons à cette magnifique journée qui augure d'un nouveau destin pour ce pays et pour les relations entre tous ses citoyens !

Tout le monde se plia à la requête du magicien et la fête allait reprendre lorsque le roi Odin Ier réclama le silence pour annoncer :

— Yogan, dit-il d'une voix solennelle, puisque tu ne retournes pas dans le territoire des Basses Terres, j'ai une proposition à te faire …

Tous les convives firent le silence pour entendre les propos du souverain.

— Yogan, poursuivit le roi sur le même ton grave, je serais très honoré si tu acceptais de rester auprès de moi en qualité de conseiller royal, car j'ai pu observer que ton esprit était empreint d'une grande sagesse et d'une lucidité sans faille dans les moments cruciaux, et ce sont là les vertus d'un bon conseiller. Je serais même heureux que tu acceptes, si tu le souhaites, bien sûr, d'être le père de ma descendance …

Le magicien des Basses Terres

Des murmures de stupéfaction parcoururent la foule des invités et tous scrutèrent la réaction du principal intéressé et de la princesse Shayana. Le visage de Yogan marqua une grande surprise durant quelques instants, puis, regarda le souverain droit dans les yeux :

— Majesté, dit-il d'une voix émue, je ne m'attendais pas à un telle proposition et je suis très flatté que vous ayez pensé à moi pour occuper la fonction de conseiller royal, mais je ne crois pas avoir mérité cela et je n'ai pas terminé mon voyage initiatique que j'ai promis à mon tuteur d'entreprendre et de mener à son terme … quant à la princesse Shayana, c'est une femme de caractère, qui est une combattante émérite et qui est tout à fait compétente pour diriger son pays, seule ou bien entourée d'un compagnon de son choix …

— Et puis, ajouta-t-il avec un sourire, la princesse Shayana a déjà deux prétendants assidus et je doute qu'elle apprécie le fait de lui en rajouter un troisième …

Le visage du roi s'assombrit, montrant ainsi qu'il était contrarié par les propos de Yogan. Tout le monde, craignant la réaction du souverain, retenait son souffle et se demandait comment les choses allaient tourner. Mais ce fut la reine qui s'interposa pour défendre une nouvelle fois le « magicien » :

— Majesté, dit-elle, tout le monde autour de cette table sait que Yogan est un héros de la nation et qu'il a toute latitude pour décider de son destin. Je serais très honorée, pour ma part, d'avoir un gendre tel que lui, mais je me dois tout de même de respecter son avis et de tenir compte de celui de ma fille …

— Père, intervint à son tour la princesse Shayana, je serais fière, moi aussi, de porter les futurs princes issus de la lignée de Yogan et je le ferais sans contrainte, d'autant plus volontiers que j'ai appris à le connaître et que toute femme sensée serait honorée d'avoir un compagnon tel que lui … mais je partage l'avis de la reine, il doit rester seul juge de sa destinée …

Le magicien des Basses Terres

— Très bien, admit alors Odin Ier en reprenant un visage souriant, je vois que notre héros a l'appui inconditionnel des femmes, alors, Yogan, qu'il en soit fait selon ton désir !

Aussitôt, tous les invités retrouvèrent le sourire et le bruit du vin dans les verres et celui des ustensiles de cuisine reprit le dessus tandis que l'atmosphère se détendait.

— Cependant Majesté, ajouta néanmoins Yogan, j'ai, moi aussi, une requête à formuler ?

— Parle, déclara le roi, elle est t'accordée par avance …

— J'ai fait une promesse au nom du royaume à l'impératrice de Soumânie, Syeda Shahid, répondit le « magicien » d'une voix sereine, celle d'amener l'eau du fleuve Anahrog jusqu'à un point de son choix dans l'empire, si elle aidait la Jadhésie dans sa lutte contre le malfaisant roi de Kadhélie, Kamsat Makawah. Elle a tenu parole et je souhaiterais être le superviseur des travaux qui seront entrepris pour honorer notre part du marché.

— Dévier le fleuve Anahrog jusqu'en Soumânie ? répéta le roi, je n'ai pas été mis au courant de cet engagement …

— Les événements n'ont pas permis que je t'en informe, père, déclara la princesse Shayana, mais il est vrai que sans l'apport des Soumâniens qui ont créé une diversion dans la capitale de Kadhélie et qui a permis de renverser le régime de Kamsat Makawah, les choses n'en seraient pas ainsi aujourd'hui. Yogan a négocié la réalisation d'un canal contre la participation de l'impératrice à qui nous devons beaucoup et il l'a fait sous couvert de mon sceau.

— Alors, bien évidemment, j'accepte … dit le roi.

XVII - LE CANAL DE SOUMÂNIE

Les travaux du « canal de Soumânie », comme on l'appelait désormais, furent entrepris à la demande du roi Odin Ier, sous la supervision de Yogan, comme il l'avait souhaité. Ce fut une gigantesque construction, d'une largeur de plusieurs mètres et de plus de trente lieux de longueur, qui dura pas moins d'une année entière. De nombreux travailleurs et militaires furent mobilisés pour creuser le chenal, pour ériger les ponts et pour en protéger les abords.

Lorsque l'ouvrage était retardé à cause de la roche dure qui se trouvait sur son tracé, Yogan employait une sorte de poudre noire qu'il embrasait et faisait exploser les lourdes pierres encombrantes qui partaient en fumée.

Les troupes de Jadhésie avaient escorté le chantier jusqu'à la frontière avec la Soumânie où les soldats soumâniens avaient pris le relai. Yogan travaillait sans relâche avec les techniciens pour optimiser le délai et décider des améliorations éventuelles sur la réalisation de cette œuvre colossale qui n'avait pas d'équivalent dans la région.

Pendant ce temps, les relations de paix avaient repris entre la Jadhésie et la Kadhélie, alors que le tyran Kamsat Makawah, extradé vers son pays avait été pendu. Le conseiller félon Katayun Ehsan ainsi que le traitre Windrakar avaient été jugés et condamnés à mort par strangulation. Yogan était à présent loin de tout cela et il n'avait de cesse de voir le canal se terminer pour reprendre sa route.

Enfin, vint le jour où les terres arides de Soumânie furent abreuvées grâce à la construction que Yogan avait promise et qu'il avait tenu à en vérifier la réalisation. Ce fut l'occasion pour l'impératrice Syeda Shahid d'organiser une fête et d'inviter son voisin, le souverain Odin Ier, la reine et sa file, la princesse Shayana, pour l'inauguration de ce fragile ruisseau qui était synonyme de lien ombilical avec le fleuve Anahrog.

Le magicien des Basses Terres

Le roi de Jadhésie avait apporté tout un assortiment de semences en cadeau au peuple de Soumânie, telles que du blé, du maïs, du sorgho et autres céréales, et il avait tenu à ce que les marchandises transitent par le canal qui reliait désormais les deux pays et qui devenait du même coup la voie naturelle de leurs échanges commerciaux.

Après les déclarations diplomatiques d'usage et à la fin du repas, l'impératrice prit la parole :

— Je tiens à vous remercier majesté Odin Ier, dit-elle, pour avoir fait réaliser ce magnifique ouvrage qui va changer le quotidien de nombre de mes citoyens. J'espère fortement que cela sera aussi l'occasion d'intensifier nos relations comme jamais ce ne fut le cas par le passé ...

— Et j'en profite également, continua-t-elle, pour adresser un remerciement tout particulièrement chaleureux à celui qui a été l'artisan de cette construction, à savoir Yogan ! c'est son idée, et c'est grâce à lui si elle a pu être réalisée dans un délai record. Je ne pourrai jamais le remercier assez pour cela ...

— Je crois savoir, répondit le monarque, qu'il s'agissait là d'une promesse faite par mon pays, en contre partie de votre participation opportune en notre faveur dans le conflit qui nous a opposés à la Kadhélie. Mais, il est vrai que si l'idée est celle de Yogan, ce n'est en réalité qu'une idée de lui parmi tant d'autres sans lesquelles le sort de cette contrée eut été différent ...

— Et il a veillé personnellement à ce que l'ouvrage soit achevé dans les meilleurs délais ! rajouta la princesse Shayana avec un petit sourire. Ce qui laisse supposer que vous comptez beaucoup pour lui impératrice Syeda Shahid !

— Eh bien, répondit Yogan avec un sourire entendu, si je me suis personnellement impliqué dans l'exécution de ce projet, c'est que je n'ai pas oublié ce que m'avais promis l'impératrice en cas de manquement à ma parole ... elle voulait me voir châtier et décapité en place publique après m'avoir arraché la langue elle-même ...

Le magicien des Basses Terres

Tous les convives éclatèrent de rire à la suite des propos de Yogan. Mais, l'impératrice reprit un air sérieux pour déclarer :

— C'est bien en effet ce dont je l'avais menacé, dit-elle, et je tiens toujours parole ! mais aujourd'hui Yogan, je le dis devant tout le monde, votre engagement a été tenu et je vous délie de votre promesse !

— Nous sommes tous, intervint la reine, à titres divers, redevable à cet homme providentiel qui a croisé notre route avec bonheur. Et il n'a rien accepté, en retour, qui soit à la hauteur des services rendus au royaume de Jadhésie ...

— J'aurais bien voulu, moi aussi, lui proposer une récompense à la mesure de son action pour la Soumânie, enchaîna l'impératrice avec un regard affectueux pour le « magicien », mais je doute qu'il accepte d'être mon homme de confiance, car le bruit court qu'il a décliné l'offre faite par sa majesté Odin Ier de devenir le conseiller du Roi et même le père de ses futurs héritiers, est-ce bien exact ?

— Oui, c'est bien exact ! répliqua la princesse Shayana avec un air faussement sérieux, il a osé de me faire l'affront de refuser de faire des enfants avec moi !

— Cela laisse planer un doute sur ses orientations sexuelles, ricana l'impératrice avec un air malicieux.

— Bon, finit par répondre Yogan en souriant, puisque c'est ainsi, je vois que vos propos dérapent et je vais donc vous donner plus de détails sur la raison de mon refus ...

— Lorsque j'avais trois ans, poursuivit-il, j'ai perdu mes parents dans des circonstances dramatiques et j'ai été recueilli, comme d'autres orphelins, par un shaman qui vit dans un village des montagnes de l'est et qui est devenu mon tuteur. Il m'a donné un enseignement rigoureux mais juste et il s'est comporté en véritable père. A mon dix-huitième anniversaire, il m'a fait promettre de parfaire mon éducation en parcourant le monde et de revenir un jour le voir, lorsque je serai prêt ...

Le magicien des Basses Terres

— Prêt ? mais prêt à quoi ? demanda le Roi Odin Ier.

— Prêt à me confronter à lui … répondit Yogan après un temps d'hésitation.

— Que veux-tu dire exactement par « me confronter à lui … » ? interrogea le souverain. S'agit-il d'une véritable lutte pour la suprématie ou bien est-ce une joute intellectuelle ?

— Eh bien, expliqua le « magicien », la règle du jeu instaurée par ce … shaman, enfin … par mon tuteur … est de revenir pour se confronter à lui et de repartir libre en cas de victoire ou bien de le servir jusqu'à sa mort en cas de défaite. C'est ce qu'il attend des enfants qu'il a recueillis … partir affronter le monde et revenir l'affronter lui lorsqu'ils sont prêts …

— Et en quoi va consister exactement cet affrontement entre vous ? insista la reine. Un combat à la vie à la mort ?

— Je ne sais pas madame, répondit Yogan, je suppose qu'il s'agit seulement d'une lutte pour déterminer lequel est dominant, mais je ne suis pas certain …

— Mais c'est horrible ! s'écria la princesse Shayana. Comment un père peut-il traiter ses enfants de la sorte ?

— Je peux intervenir dans ce compromis ridicule, intervint Odin Ier. Qui est donc cet homme ?

— Non, majesté, déclara Yogan, j'ai fait promesse, contre mon éducation, de jouer le jeu selon sa règle. J'ai juré de m'y soumettre … vous m'avez loué pour avoir tenu ma parole, vous ne pouvez me blâmer pour la même raison …

— Je comprends mieux à présent les réticences de notre héros … affirma la reine.

— Oui, en effet, assura l'impératrice Syeda Shahid, on comprend mieux !

— Et est-ce le moment où vous pensez être prêt ? demanda la reine. Et que cela signifie-t-il « être prêt » ?

Le magicien des Basses Terres

— Je suppose, répondit Yogan, que c'est se sentir suffisamment fort après un long voyage initiatique, prêt à affronter le shaman avec, au bout, un billet pour sa propre liberté. Si c'est cela, alors, oui ! je me sens prêt !

— Après l'accomplissement de votre promesse, aurons-nous un espoir de vous revoir par ici ? questionna la princesse Shayana avec un regard bienveillant.

Mais Yogan ne répondit pas, car son regard était déjà fixé vers l'horizon des grandes plaines de l'est.

XVIII - LE SHAMAN

Yogan avait parcouru un long périple de près de sept années pour revenir finalement vers ses origines, comme il l'avait promis au shaman, son tuteur, en espérant être prêt pour la confrontation avec lui. Au fur et à mesure qu'il approchait de son village natal, perché dans les massifs de l'est, il retrouvait les paysages familiers qui avaient bercé sa jeunesse.

Il connaissait bien cette contrée verdoyante, qui pour l'heure était ensoleillée par une belle journée de printemps, et il appréciait plus particulièrement les petits chemins de pierre qui serpentaient le long des pentes escarpées qui menaient au village. Il apercevait d'ailleurs les toits d'ardoise des premières maisons. A cet instant, son cœur se serra et, envahi d'émotions, il arrêta sa monture pour se demander une dernière fois, en son for intérieur, s'il était vraiment « prêt ». Puis, il décida de poursuivre ...

Il entra au pas de cheval dans la bourgade par la rue principale et il put constater que peu de choses avait bougé depuis les quelques années qu'il était parti. Il y avait toujours aussi peu de monde dans la rue et l'on voyait quelques chevaux qui s'abreuvaient dans l'auge devant l'auberge de Tristan le « manchot ». Plus loin, dans l'angle d'une rue, le lavoir public était tout autant fréquenté par quelques femmes bavardes qui étaient venues laver leur linge de maison. Il retrouvait ainsi cette atmosphère calme et sereine, troublée uniquement par les bruits de la vie quotidienne, qu'il avait quittée depuis longtemps et qu'il avait presque oubliée.

Il éprouvait une sensation d'apaisement comme après une longue et difficile course de laquelle on sortait vainqueur et dont on savourait la victoire avec sa famille et ses amis. Il rentrait chez lui, heureux et fier de ce qu'il avait accompli et curieux de ce qu'il allait découvrir après

Le magicien des Basses Terres

tout ce temps. Personne ne semblait lui prêter attention et lui ne reconnaissait aucun des individus qu'il croisait, et dans son esprit, c'était comme si tout recommençait à nouveau. Une nouvelle vie s'offrait à lui et, symboliquement, cette renaissance repartait du commencement, de son village natal.

Il arriva au coin de la rue qui conduisait à la grande maison où il avait passé le plus clair de son enfance, celle du shaman, son tuteur. Il tourna dans la rue et lorsqu'il aperçut l'immense demeure, il descendit de cheval pour continuer à pied. Après avoir attaché sa monture à la grille d'entrée, il entra dans la grande bâtisse et se dirigea directement vers la « salle des enseignements », le lieu où, tous les matins, le shaman dispensait ses préceptes.

Il poussa la porte lentement et fit un pas en avant, le cœur battant. Le shaman était assis en tailleur, comme à son habitude, sur un tapis, tournant le dos à l'entrée et, devant lui, se trouvaient une dizaine de jeunes gens, assis eux aussi, mais face à la porte. Ils étaient de tous âges et de toutes tailles, mais, à n'en pas douter, comme du temps où Yogan était l'un d'eux, ils écoutaient religieusement la doctrine du « père ».

Lorsque le shaman perçut le regard de son auditoire se braquer sur la porte d'entrée, il s'interrompit et se tourna pour voir celui qui avait osé le déranger dans son exercice pédagogique matinal. Il mit un certain temps à reconnaître la silhouette du nouveau venu, drapé dans sa large tunique avec une capuche sur la tête, puis il déclara avec un sourire :

— « wouha wouha » est de retour ! dit-il, on va faire une pause …

Yogan sourit lui aussi intérieurement en entendant le surnom que lui donnait quelquefois son tuteur et il se remémora qu'on l'appelait ainsi, alors qu'il était petit enfant, parce que « wouha wouha » étaient ses pleurs et aussi les seules paroles qu'il prononçait lorsqu'il était à la peine durant les séances difficiles de son enseignement.

Les « élèves » quittèrent alors la pièce, un à un, en dévisageant cet homme, inconnu pour eux, qui avait suffisamment d'importance pour provoquer l'interruption de leur éducation, chose sacrée s'il en était.

Le magicien des Basses Terres

Ils ignoraient que c'était un de leurs « grands frères » qui rentrait à la maison comme il l'avait promis ...

Le magicien des Basses Terres

Lorsque les deux hommes furent seuls, Yogan abaissa sa capuche et s'approcha du shaman pour le saluer, mais celui-ci resta de marbre, visiblement peu enclin à des manifestations de joie. Le « magicien » put remarquer alors que son tuteur avait beaucoup vieilli depuis leur dernière rencontre et que les offenses du temps l'avaient fortement marqué.

Yogan n'ignorait pas que les apparences avaient de l'importance pour le shaman et que, s'il éprouvait un quelconque émoi, il ne dévoilerait rien. Lui, pourtant, était rempli de compassion pour cet homme qu'il considérait comme ayant joué le rôle le plus important dans sa vie. Il aurait aimé le serrer dans ses bras mais, il savait que, selon l'idée du shaman lui-même, montrer ses émotions était considéré comme un signe de faiblesse.

— Ainsi tu t'es décidé à revenir … dit le vieil homme.

— Oui maître, répondit Yogan, je reviens comme je m'y étais engagé au moment de partir, selon ton propre souhait.

— Tu as donc considéré que tu étais prêt pour cela ? questionna le shaman en le fixant droit dans les yeux comme pour tenter de déceler un trouble.

— Oui maître, assura Yogan d'une voix sereine, je suis prêt.

— Es-tu revenu pour me tenir tête et repartir libre ou bien es-tu ici pour te soumettre ? demanda le vieil homme.

— Eh bien maître, répondit Yogan toujours aussi calme, durant ces sept années, j'ai pu goûter aux joies des hommes libres et il n'est nullement dans mes intentions de me soumettre.

Le shaman prit alors le temps de regarder son « fils » comme s'il tentait d'évaluer à quel point son voyage initiatique avait forgé en lui les vertus qu'il en espérait.

— Sais-tu quelles épreuves t'attendent si tu ne veux pas te soumettre ? questionna-t-il avec un air mystérieux.

— Non maître, répliqua aussitôt Yogan, mais même si je le savais cela ne changerai pas ma détermination.

Le magicien des Basses Terres

Le vieil homme semblait hésiter à porter un jugement sur son ancien élève.

— Qu'as-tu fait de ce temps initiatique ? demanda-t-il. où es-tu allé ? et qui as-tu rencontré ?

— Maître, j'ai pris la direction de l'est, répondit le « magicien », et j'ai voyagé dans des contrées peuplées d'hommes et de femmes très différents de nous. Mais, curieusement, j'ai retrouvé certaines similitudes avec les enseignements que tu m'avais donnés …

— Lequel par exemple ? interrogea le shaman.

— Par exemple, maître, dit Yogan, on m'a répété ce que tu m'avais inculqué toi-même : "transformes tes faiblesses en forces et tu surprendras tes ennemis". C'est aussi ce que m'a conseillé un vieux sage oriental …

— Quelle faiblesse as-tu donc transformé en force ? demanda le shaman.

— Maître, je suis d'une nature physique plutôt frêle et vulnérable, exposa Yogan, tout le monde peut croire cela en me voyant. Eh bien, j'ai appris, en Orient, à me battre selon des techniques basées, non pas sur ma force, mais sur ma vivacité, en exploitant la force des autres et aujourd'hui, je mets au défi quiconque, aussi puissant soit-il, de prendre le dessus sur moi. Je peux tuer un homme rien qu'avec mes mains et je ne crains personne …

— Qu'as-tu appris d'autre ? insista le vieil homme.

— Maître, j'ai rencontré des hommes dont le génie inventif est immense, avoua Yogan. certains ont percé les mystères du ciel et des astres, les autres ont imaginé des stratégies de guerre basées sur des machines infernales et les derniers enfin, ont découvert les secrets du fonctionnement cérébral des humains. Mais, je tiens pour tout aussi important, à mes yeux, les simples citoyens que j'ai croisés et qui n'avaient rien de mieux à m'offrir que leurs bons sentiments, leur bienveillance et leur amour du prochain …

Le magicien des Basses Terres

— J'ai aussi fréquenté des sages dont les préceptes philosophiques sont de permettre de mieux se connaître pour mieux apprécier les autres, poursuivit-il. Et j'ai enfin beaucoup appris des érudits qui m'ont enseigné l'art de construire une arbalète, une baliste, un bateau à voile ou bien à faire des mélanges de poudre pour mieux exploser et détruire l'ennemi …

— Serais-tu le fameux sorcier dont on a beaucoup parlé et dont la réputation est parvenue jusqu'ici ? interrogea le shaman, celui qui a sauvé le royaume de Jadhésie ?

— Peut-être, maître, en effet suis-je celui-là, répondit Yogan, et si je ne le suis pas, sache que j'aurai pu l'être …

— Tu as aussi appris l'art de répondre sans rien révéler ! observa le shaman avec un rictus que l'on pouvait prendre pour un sourire.

Yogan s'était assis en tailleur, lui aussi, face à son maître. Les deux hommes se dévisagèrent sans un mot durant un long moment, puis ce fut Yogan qui reprit la parole :

— Maître, dit-il, quelles sont donc ces épreuves auxquelles je dois me soumettre pour me permettre de repartir libre ou bien de rester ici et te servir jusqu'à ton dernier souffle ?

— J'ai vu que tu avais appris certaines choses, répliqua le vieil homme après un court silence, mais je vois qu'il te reste encore beaucoup à apprendre !

— Selon toi … poursuivit-il, si tu avais un fils, quel serait le meilleur avenir que tu souhaiterais pour lui ?

— Je ne sais pas, maître, répondit Yogan après une hésitation, c'est une chose à laquelle je n'avais jamais réfléchi … je suppose que je souhaiterais qu'il devienne un homme libre et avec le sens de la responsabilité …

— C'est un beau programme que tu évoques là, interrompit le maître, car c'est à peu de chose près ce que je voulais moi-même pour tous les enfants que j'ai adoptés. Mais, en pratique, comment ferais-tu pour leur donner les meilleures chances d'acquérir ces valeurs ?

— Je n'en ai aucune idée, maître, avoua le « magicien », mais si je regarde ce que vous avez fait pour les orphelins que vous avez recueillis, je serai sans doute très proche de la réponse, n'est-ce pas ?

— Jusqu'à présent, enchaîna le shaman sans répondre à la question posée, j'ai élevé quinze enfants que j'ai essayé d'éduquer du mieux que j'ai pu. Je leur ai donné à tous le même enseignement durant leur jeune âge, le plus juste et le plus rigoureux possible. De cela, tu peux en attester …

— Oui, maître, dit simplement Yogan.

— Lorsqu'ils ont été en âge de parcourir le monde, continua le vieil homme, je leur ai fait promettre de revenir ici, après leur voyage initiatique, lorsqu'ils se sentiraient prêts à me défier pour gagner leur liberté. De cela aussi, tu peux attester, n'est-ce pas ?

— Oui, maître, acquiesça Yogan.

— Eh bien, exposa le maître, sur les quinze enfants que j'ai adoptés et élevés, cinq seulement sont revenus ici, comme ils l'avaient promis et quatre d'entre eux n'ont pas osé me défier et ont accepté de se soumettre. Un seul, tout comme toi, est revenu avec la ferme intention de reprendre sa liberté, quel que soit le prix à payer ! d'après toi, quelle leçon dois-je en tirer ?

— « Yogan », maître, murmura doucement le « magicien », on m'appelle « Yogan le magicien » à présent et j'en suis très fier !

— Bien, alors Yogan, d'après toi, quelle leçon devrais-je en tirer ? répéta le vieil homme.

— Eh bien, maître, répondit Yogan, on peut dire que pour dix parmi les quinze, le voyage initiatique ne leur pas donné suffisamment le sens des responsabilités pour tenir leur promesse de revenir ici. A moins que leur voyage ne se soit mal passé, au point qu'ils

Le magicien des Basses Terres

aient été mis dans l'impossibilité de revenir, indépendamment de leur volonté …

— Oui, dit le shaman, ensuite ?

— Pour cinq d'entre eux, enchaîna Yogan, leur parcours initiatique leur a donné le sens de la responsabilité et ont bien tenu leur promesse, mais, à part un seul, leur voyage ne leur a pas donné le goût de la liberté suffisamment pour oser t'affronter.

— Et donc ? dit le maître, quelle est ta conclusion ?

— J'en conclus, maître, répondit Yogan, que le monde est violent et cruel, que le sens de la responsabilité ne s'acquiert que dans la douleur et que la liberté n'est pas une valeur qui prédomine … qu'il est plus fréquent d'être soumis à la tentation du gain facile ou malhonnête, qu'au plaisir de l'effort et de la persévérance …

— C'est une façon de voir les choses en effet, dit le vieil homme, mais on peut aussi les voir autrement. Je me dis quelquefois que je ne suis peut-être pas si bon pédagogue et que ma méthode pour permettre à mes enfants de trouver le chemin de l'émancipation n'est pas la bonne.

— Pour juger de cela, maître, observa Yogan, il faudrait savoir ce que seraient devenus ces enfants sans votre influence. Sans aucun doute, la plupart auraient été victimes des maladies infantiles ou bien seraient morts de faim ou de froid. Quant aux autres, ils auraient erré comme des âmes en peine pour un devenir sans espoir.

— Ce que tu dis là me réjouit le cœur Yogan, avoua le vieil homme, et, venant de toi, cela n'en prend que plus de valeur, car tu es le plus sage des enfants qu'il m'ait été donné de revoir. Mais, je dois reconnaître qu'il me tardait de voir l'un de vous me rendre ce que j'ai essayé de vous donner …

— Maître, parmi tous ceux qui sont revenus, interrogea Yogan, y en a-t-il un seul qui ait critiqué ta façon de l'avoir préparé à affronter le monde extérieur ?

Le magicien des Basses Terres

— Non, je ne crois pas, constata le shaman, ils ont tous, au contraire, estimé que leur préparation avait été pertinente pour accomplir leur voyage initiatique, mais le monde ne leur a laissé entrevoir que peu d'espoir de réussir dans cette société pleine d'injustices et d'entraves en tous genres.

— Maintenant, maître, insista Yogan, allez-vous enfin me dire ces épreuves auxquelles je dois me soumettre ...

— Idiot ! interrompit le vieil homme avec un sourire, n'as-tu pas compris que cette idée d'épreuve pour conquérir sa liberté n'est juste là que pour vérifier la hardiesse de mes enfants ainsi que leur volonté de s'assumer en dépit des obstacles ... de faire la preuve que leur initiation leur a donné l'envie de vivre libre !

— C'est ce que vous avez dit à tous ceux qui sont revenus ? demanda Yogan.

— Evidemment oui, assura le shaman, mais à ceux qui sont venus pour se soumettre, je leur ai dit que l'étais très déçu de leur attitude et je les ai renvoyés parfaire leur parcours initiatique pour revenir me voir seulement lorsqu'ils se sentiraient prêts à m'affronter ...

A cet instant, un jeune homme entra précipitamment dans la salle sans y avoir été invité et cria :

— Maître, dit-il, des cavaliers sont entrés dans le village ! ils sont en train de piller toutes les maisons et ils n'hésitent pas à tuer ceux qui se mettent en travers de leur passage ! ils ne vont pas tarder à arriver jusqu'ici ...

Le magicien des Basses Terres

Yogan et le shaman s'étaient précipités dehors, dans la cour qui se trouvait devant la maison, et, à peine étaient-ils sortis, que les cavaliers arrivèrent par la rue à bride abattue. Yogan avait prestement dégainé son sabre et le shaman tenait une épée dans la main pour faire face aux trois individus qui avaient pénétré dans l'enceinte de la demeure.

> — Attention, maître ! cria le « magicien », ne restez pas là ! entrez vous mettre à l'abri à l'intérieur !

Tout alla alors très vite. Yogan attrapa la bride de l'un des chevaux et l'obligea à se coucher au sol pour désarçonner son écuyer tandis qu'il faisait tournoyer son long sabre pour empêcher un second d'avancer. Mais l'un des pillards parvint à passer derrière Yogan et réussit à toucher le vieil homme avec son épée.

Yogan, fou de rage, entreprit de s'occuper des trois assaillants. Il sabra le premier qui roula à terre, le ventre ouvert. Le second, qui avait chuté de sa monture, se relevait à peine et fut décapité sans avoir compris ce qui lui arrivait. Quant au troisième, celui qui avait atteint le shaman, tentait de fuir en tapant le ventre de son cheval avec ses pieds, mais Yogan le saisit par le bras et le jeta au sol, puis, d'un geste précis, lui trancha la gorge avec une fine dague.

Ensuite il s'occupa du vieil homme qui gisait au sol dans une mare de sang. Yogan s'approcha et passa la main derrière son cou pour relever son visage et recueillir ses dernières paroles :

> — Yogan, dit-il d'une voix faible, ne risque pas ta vie … fuis … cela n'est pas de la lâcheté … lorsque l'ennemi est trop fort …

> — Ne parlez pas maître, conseilla Yogan, il faut vous ménager et vous allez guérir …

> — Non, Yogan, murmura le shaman, je suis arrivé au bout de mon voyage … mais je voulais te dire encore une chose … que je n'ai jamais dite à personne …

> — Oui, maître, dit Yogan.

Le magicien des Basses Terres

> — Une chose qui me tient à cœur et que je te dois … dit le vieil homme. J'ai été moi-même un petit orphelin, il y a très longtemps, et j'ai été recueilli par un tuteur qui habitait cette même demeure … il m'a éduqué comme j'ai essayé par la suite d'éduquer mes enfants … et je suis fier de ce que j'ai fait … ne serait-ce que parce que tu es le résultat de mes efforts … merci à toi Yogan …

Et ce furent ses derniers mots dans les bras de Yogan. Il avait rejoint ad patres son propre tuteur.

XIX - KUTCHINKOAN

Yogan entra sans hésiter dans l'auberge de Tristan le « manchot ». L'établissement était désert mis à part le propriétaire, derrière son comptoir, et cinq individus, assis à l'une des tables, qui buvaient de la bière et parlaient fort. Tristan le « manchot » était un homme de forte corpulence, qui avait perdu l'avant-bras gauche dans une bataille que nul ne connaissait, et il se tenait assis, l'air terrorisé. Yogan s'approcha du tenancier comme s'il voulait commander une boisson et il entendit les railleries dans son dos :

— Tu as vu ce type … disait l'un, on dirait l'un de ces religieux mendiants et inutiles …

— Ouais, disait l'autre, il porte un habit très curieux, comme un moine … attend, on va s'amuser un peu …

Et ils éclatèrent de rire.

— Hé toi ! reprit le premier, viens voir par ici !

Yogan faisait mine de ne pas entendre et fit un clin d'œil à Tristan le « manchot ». Celui-ci fut surpris car, avec son accoutrement, il n'avait pas reconnu le gamin qu'il avait vu grandir et passer devant chez lui durant de nombreuses années.

— Hé toi, le moine, tu es sourd ? tu n'as pas entendu ce qu'on te dit ? demanda le second.

A cet instant, Yogan se retourna et fit un signe de sa main devant la bouche, comme pour montrer qu'il était muet.

— Ah ! chouette alors, nous avons affaire à un handicapé ! commenta un troisième.

Le magicien des Basses Terres

Puis, d'un geste, l'homme lui fit signe d'approcher et Yogan, prenant son air le plus candide, se dirigea tranquillement vers les loubards.

> — Dis-moi, toi le moine, questionna le premier, tu n'aimes pas la violence n'est-ce pas ?

Yogan fit un signe d'assentiment en hochant la tête.

> — Tiens, pose ta main bien à plat sur la table, dit-il en prenant le bras de Yogan pour le guider vers la table.

Puis, il mit la main du magicien sur la table et, d'un geste prompt, il sortit son poignard de sa ceinture pour tenter de clouer la main de l'homme à la tunique. Mais, Yogan fut plus rapide que lui et, d'une prise du poignet, c'est lui qui obligea l'individu à poser la main qu'il cloua sur le meuble de bois sans pitié avec sa dague fine. Le pillard hurla de douleur tandis qu'il jetait un regard d'incompréhension vers ses compères.

Sans attendre leurs réactions, Yogan ouvrit sa tunique et sortit son sabre qu'il fit tournoyer devant lui pour repousser les assaillants. L'un des voyous se jeta droit sur lui avec une longue épée. Yogan s'écarta pour le laisser passer, puis, avec son pied, il faucha la jambe de l'homme qui se retrouva au sol et qui ne put éviter que l'arme blanche ne lui ouvre les entrailles.

Un autre, voyant deux de ses compagnons déjà touchés, s'empara d'une lance dans le but de rester à distance de son adversaire et de l'embrocher. Yogan attendit que l'homme déclenche son attaque et, d'un pas de danse harmonieux, évita la pointe de l'arme, pour ensuite, d'un coup de sabre, fendre la lance en deux morceaux. Dans le même geste, sans aucune émotion, il décapita le malheureux brigand dont la tête rebondit au sol pour aller se figer au centre de l'auberge où elle continua de tourner sur elle-même, comme une toupie.

Les deux autres bandits regardaient le spectacle avec une peur qui avait décomposé leurs visages. On pouvait lire l'horreur dans leur regard incrédule pendant qu'ils se recroquevillaient sur eux-mêmes. Ils se demandaient encore quel genre d'homme était ce religieux lorsque Yogan, s'étant rapproché d'eux, et sans trahir la moindre émotion,

Le magicien des Basses Terres

pourfendit les deux hommes qui trouvèrent la mort avant même de toucher le sol.

Puis, Yogan s'approcha de l'homme dont la main était toujours clouée sur la table et lui demanda :

— Où sont les autres ? dit-il, et comment s'appelle ton chef ?

L'homme gémissait doucement sans répondre. Yogan lui prit le bras et le bougea violemment. Le voyou se remit à hurler de douleur.

— Tu as entendu ce que j'ai dit ? insista-t-il. Où sont les autres et comment s'appelle ton chef ?

— Mon chef, c'est le terrible Kutchinkoan ! finit-il par lâcher entre deux geignements. Il prendra grand plaisir à t'écorcher vif et les autres sont dans la maison au bout de la rue …

— Mais toi qui es-tu ? demanda Tristan le « manchot » dans son dos, lui qui avait assisté à toute la scène sans en perdre la moindre miette.

Yogan ne répondit pas et il se retourna vers le tenancier en baissant sa capuche.

— Tu ne me reconnais pas ? demanda-t-il avec un léger sourire.

— Toi ? tu es … revenu ? balbutia Tristan en reconnaissant le gamin qui avait passé des années dans la grande demeure du fond de la rue. Bon sang, quelle boucherie ! où donc as-tu appris à te battre ?

— Peu importe, répondit Yogan, est-ce que tu connais ce Kutchinkoan ?

— Il s'agit d'un voyou de grand chemin qui se complait à dévaliser depuis quelques années les cités de la contrée avec ses hommes, dit Tristan. C'est toujours le même scenario, il vient, il tue et pille le plus qu'il peut, puis s'en va, jusqu'à la prochaine incursion … il est cantonné avec le reste de ses hommes dans la maison de l'ancien maréchal-ferrant …

Le magicien des Basses Terres

— Ce sera sa dernière incursion ! déclara Yogan, ça je le promets ! ils ont assassiné le shaman et je vais leur faire payer cher !

— Et cet homme, que vas-tu en faire ? interrogea Tristan en montrant le brigand encore cloué à la table.

— Celui-là aura le même sort que tous ceux qui sont venus troubler la sérénité de mon village, répondit Yogan.

Et d'un geste désinvolte il lui trancha la gorge avant de prendre la direction de la sortie.

Le magicien des Basses Terres

Yogan attendit la tombée de la nuit pour retrouver son cheval et s'approcher de la maison de l'ancien maréchal-ferrant. Il connaissait parfaitement les lieux pour avoir déambulé dans ces rues depuis qu'il était tout jeune garçon et il savait que la meilleure position pour observer la vieille demeure serait le promontoire du vieux cimetière.

Il entreprit donc de grimper sur la hauteur qui dominait ce quartier du village et après avoir récupéré une arbalète et son carquois qui étaient dans une sacoche accrochée aux flancs de sa monture, il vint se cacher au plus près de la vieille demeure. Sans bruit, il observa un long moment le va-et-vient des trois hommes qui montaient la garde devant la maison. Puis, lorsque l'obscurité fut presque totale, il prit la position couché pour ajuster placidement ses trois cibles.

Deux des gardiens avaient décidé de faire des allers-retours d'un bout de la rue à l'autre, chacun dans une rue différente, tandis que le troisième était statique devant la porte d'entrée. Leurs mouvements étaient réglés comme une horloge et ce fut un jeu d'enfant pour le magicien de déclencher avec précision son arme. Il attendit qu'un homme parte dans une direction pour viser celui qui arpentait la rue d'à côté. Il tira pour toucher le cœur et faire en sorte qu'il fasse le moins de bruit. L'homme s'écroula au milieu de sa ruelle sans que les deux autres puissent le voir, sans un cri, mais la chute du corps provoqua un bruissement qui alerta ses complices.

Aussitôt, Yogan déclencha la seconde flèche en plein cou de celui qui était posté, statique devant la maison. Il s'écroula sous le nez de son troisième compère qui mit un court instant avant de comprendre ce qui était en train de se passer. Cela lui fut fatal, car l'arbalétrier l'avait déjà en point de mire et décochait son troisième trait qui faisait mouche en traversant la poitrine du garde. Il fit un bruit de ballon qui se dégonfle en tombant au sol tué net.

Immédiatement, Yogan enfourcha sa monture et se dirigea vers la porte d'entrée de la vieille demeure. Arrivé quelques instants plus tard, il put vérifier que l'élimination des trois individus n'avait pas éveillé la méfiance des truands à l'intérieur de la maison. Il entendait d'ailleurs leurs rires et leurs éclats de voix qui traduisaient leur satisfaction d'avoir investi le village une fois de plus et ils étaient loin de se douter que cela serait leur dernière fois ...

Sans hésiter, Yogan poussa la grande porte d'entrée qui grinça et il pénétra dans la pièce où se trouvaient une dizaine de truands attablés en train de manger et boire. Ils tournèrent la tête vers l'entrée et furent interloqués de voir un homme vêtu d'une tunique sombre et d'une capuche qui recouvrait une bonne partie de son visage.

— Je cherche Kutchinkoan, déclara Yogan d'une voix sereine.

— C'est moi ! répondit un homme d'une voix haute et menaçante, qui es-tu et que veux-tu ? à part te faire raccourcir ...

L'homme s'était levé et avait sorti une épée de son fourreau. C'était un individu de taille impressionnante, avec une carcasse immense, des grosses moustaches et le crâne déjà dégarni.

— Je suis venu pour te tuer Kutchinkoan ! dit calmement Yogan.

— Est-ce toi qui as déjà éliminé huit de mes hommes ? questionna le géant.

— Oui, répondit Yogan, mais à présent cela fait onze, parce que les trois devant ta porte sont aussi allés rejoindre le diable !

— Je vais t'étriper ! s'exclama Kutchinkoan en se préparant à combattre.

Sans hésiter une seconde, Yogan pointa son arbalète sur lui et tira. La flèche lui transperça la jambe et l'homme se mit à hurler de douleur en se tenant la cuisse.

— Comme ça tu ne t'en iras pas bien loin ! annonça le « magicien ».

Ensuite, Yogan sortit son sabre et se mit danser dans la grande pièce, jouant tour à tour de l'esquive et de l'attaque pour embrocher les pillards, les uns après les autres. Ses coups de sabre étaient précis et meurtriers. Il ouvrit la poitrine de l'un, trancha la gorge d'un autre, transperça les entrailles d'un suivant et décapita le dernier. Les derniers larrons prirent la fuite et laissèrent leur chef, Kutchinkoan, qui était resté assis et perdait son sang par l'artère fémorale qui avait été sectionnée.

Le magicien des Basses Terres

Yogan s'approcha de lui et le regarda un moment souffrir en silence.

— Qui es-tu ? demanda Kutchinkoan.

— On m'appelle Yogan, répondit simplement le « magicien ».

— Yogan ? murmura le géant, celui dont on parle dans le royaume qui a défait l'armée de Wissinie à lui tout seul ? et qui a délivré le roi Odin Ier et la reine ?

— Ça se peut oui, admit Yogan. Tu vas mourir pour avoir assassiné le shaman et désormais, ceux qui viendront piller ce village sauront qu'ils ne repartiront pas vivants …

Puis, d'un geste sobre, avec sa dague, Yogan trancha la carotide de Kutchinkoan.

XX -   YOGAN

Les élèves entrèrent dans la « salle des enseignements », un à un, et, sans un mot, prirent place, assis en tailleur, face au maître. A la place du shaman, le nouveau maître était un homme d'apparence frêle, plutôt jeune, vêtu d'une large tunique sombre, et sa capuche abaissée laissait entrevoir un visage glabre dans lequel on remarquait surtout le regard vif et acéré. Il parlait d'une voix calme et apaisée qui donnait confiance en ses propos.

— Je m'appelle Yogan, dit-il. Je suis, comme vous tous, un ancien élève du shaman et, à partir d'aujourd'hui, je vais prendre sa place, pour ceux que cela intéresse … les autres sont libres de partir …

Il s'interrompit pour laisser le temps aux réfractaires de sortir, mais aucun des élèves présents ne fit mine de se lever pour partir. Ils étaient apparemment tous attentifs et prêts à recevoir son éducation.

— Je tiens à vous prévenir que mon enseignement vous paraîtra difficile et exigeant, poursuivit le nouveau précepteur. Il portera tout autant sur le travail des capacités mentales que physiques. Vous aurez aussi bien des notions de morale, de connaissance de la nature, d'équitation ou de combat de rue …

— J'essayerai de vous apprendre à lire, à écrire et à compter, continua-t-il, le langage des fleurs tout comme le langage du corps et celui du cœur aussi. Je vous apprendrai les arts martiaux, à tirer à l'arc, à chasser, à pêcher et à faire un feu. Mais je vous donnerai aussi des notions de quelques dialectes étrangers, d'histoire de notre royaume, de sa géographie et de sa place dans le monde qui nous entoure …

Le magicien des Basses Terres

— Et lorsque vous aurez atteint l'âge requis, conclut-il, je vous demanderai de partir où vous le voudrez, pour réaliser votre parcours initiatique, pendant le temps que vous voudrez. Mais, je vous demanderai de me promettre de revenir ici, lorsque vous vous sentirez prêts, pour m'affronter et conquérir votre liberté. Si vous êtes vainqueur, vous pourrez repartir en homme libre, sinon, vous resterez ici pour me servir jusqu'à la fin de mes jours !

Il n'y eut aucune réaction parmi les jeunes gens installés autour de Yogan, car ce discours, apparemment, ne différait en rien de celui que leur avait déjà tenu le shaman ...

OUVRAGES DU MÊME AUTEUR

L'UNIVERS DES ROBOTS - 2017 (publication chez Amazon)

LE PAPYRUS DE DJOSER - 2017 (publication chez Amazon)

L'ANDROÏDE AMOUREUX - 2018 (publication chez Amazon)

LE SOLDAT DU TEMPS - 2018 (publication chez Amazon)

LES MAÎTRES DE LA GALAXIE - 2018 (publication chez Amazon)